奇異果文創

奇 思 異 想 之 果

溫 柔 革 命 閱 讀

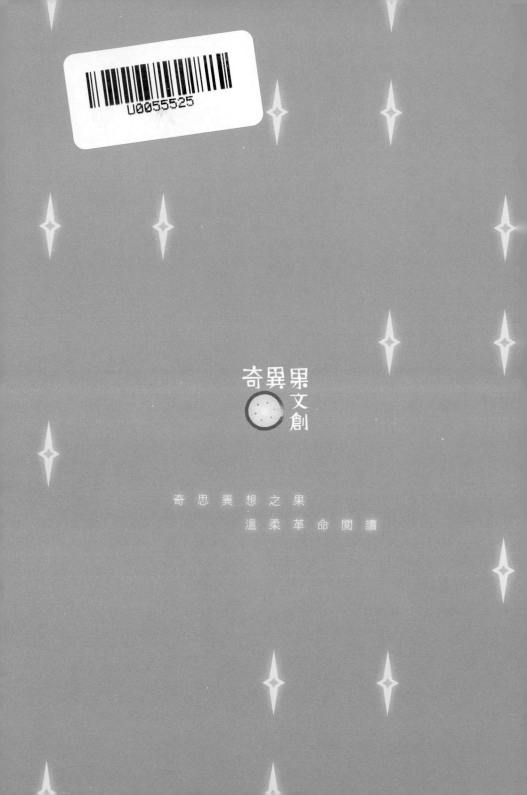

奇異果文創

奇思異想之果

溫柔革命閱讀

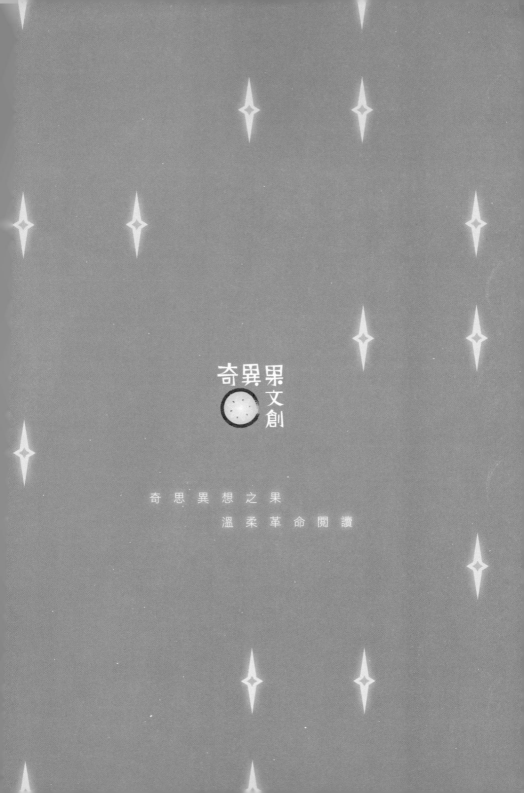

裸・色

廖之韻
著

推薦序

讀《裸‧色》的時候，我總有一種緊張感，好像下一秒就會忽然有激烈的床戲一類的，非常期待，結果一直沒有。但這便是這本小說令人驚嘆的地方，之韻極端擅長描寫日常感官微微碰觸而產生誘惑人心的張力，彷彿清淡似水卻又令人心癢難耐。她是如此優美驕傲，可又流淌著無法克制的慾望。

——小說家．王聰威

作家們寫盡了各種感官，視覺、聽覺、味覺、嗅覺……《裸‧色》寫觸覺，從觸覺尋找女性愛情、慾望、身心種種可能性，撫觸幽微的想望。

——聯合報副刊主任、小說家．宇文正

沒有人生的公式，沒有必然的交遇因果，在隨機相遇的人生中，作者鋪陳浮世人生的連環套，在人生際遇裡交擦出的小火花，相串成生活的內容，在選擇與被選擇間有執著也有隨緣，它呈現的是現代浮世男女對應浮世生活的方式，傳達了對無可捉摸的未來，現代男女擅於隱藏自己又故作瀟灑對應生活，卻有一種壓抑的寂寞如影隨形。它雖是現在進行式，也彷彿預示男女情感生活的未來式。

——自由時報影藝中心副主任、小說家・蔡素芬

彷彿醫者在召喚藥方。小說裡，都會女子必須是靈肉的藝術家。因為稀微的多元情慾註定不可逃避，所以曖昧的豁達心靈絕對有其必要。

——台大台文所副教授・蘇碩斌

目錄

結束或開始、一

註定要迷路！

看地圖或是熟門熟路的人們都說這兒的路像是棋盤格，要到哪裡去都很好走。可是，繞來繞去，我就是走不出這棋盤格，而且還是兩次……隔了十五年之久，我依然迷失於此。

繞不出去也繞不回來。

我跟他相約在這裡見面。

正確的說，在不久前，因為一個臨時起意的遊戲，我們分道揚鑣，只約了於日落時分再次相見的位置。至於這各自擁有的、私密的幾小時，隨便各自想要做什麼都行，並且講好了往後不能過問。亦即，這是我們自己支配的時光，而且無需顧忌彼此的關係或是擔負任何歉疚。

為了什麼呢？這麼做又有何意義可言？當下，我們沒想這麼多，只是好玩。很多事，不也就是因為一個興頭而展開的嗎？

接下來，會發生什麼樣的狀況，也等接下來才知道。看看會不會多了些在經久不變的生活裡的一些刺激，或是意想不到的結局。

然而，如果一切都是圖謀的呢？也許我們各自在心中早就有了這樣的計畫，但都默不作聲，等待誰先提出來，然後再假裝驚訝而思考了一陣子後才表示贊同。

當他說出這項提議時，我的心臟狂跳，體溫不斷往上竄升，我刻意離開他一兩步遠，就怕他察覺到我的興奮和欣喜。我好想二話不說就答應，但我又想聽聽他的動機，只好用不置可否的態度詢問他。

他說：「我們在一起的每一分每一秒，眼睛都望著同一個方向，擁有差不多的興趣和喜好，聊著共同的話題，甚至連說話方式和口音都愈來愈像……這幾個小時或許能讓我們得以擁有自己的思緒……」

「可以思考出什麼不一樣的人生大道理嗎？」

「天曉得！又還沒試過。」

「所以，就是說，你不想跟我走在一起？」

「不是這麼說的。」

「那是什麼？」

他想了想，「只是一個遊戲。」
「什麼樣的遊戲？好玩嗎？」
「假裝我們在此相遇的遊戲……」
他說的橋段，我好像在哪本小說或是電影或是漫畫裡看過，總是有著莫名其妙的開始和結束，卻又帶著浪漫色彩讓人心生嚮往。
他何時變得這麼浪漫？
陽光在他身上披了層金紗，背後幾尊希臘式的雕像也同樣閃著光亮，彷彿稍一不注意，他就會化成了這些雕像，或是這些雕像都變成了他。
人們在其中穿梭、駐足、流連，推擠著古城盛夏的熱，連汗水都酸著時間的記憶。我們在陰影處交談，恰恰擋住了觀光客的照相角度。同一時間，幾個快門按下，我們大概會出現於很多人的相片中，用極其自然的姿態成為美麗構圖裡的汙點。
這些都不是他浪漫的理由。
我饒有興致地看著他，聽他說話，等待提問的時刻。

我總結他的提議，「喔！就是先裝不熟，然後好像在哪裡不期而遇，之後就談了場戀愛的遊戲嗎？」

「然後，我們就在一起了。」

「我們是在一起呀！」

「那麼……還是不要好了。」

「不要什麼？」

「不要玩這遊戲了。」

「不！」我堅定地說：「我要玩。」

「妳確定嗎？」他反倒猶豫起來。

「反正只有一個下午的時間，又不是從此就永遠分開。」

我們怎麼能保證呢？我內心起了疑問，但把持著不讓話語從唇齒間透露出任何一絲不安。我還是搞不懂他為何想要這樣做，但也算稱了我的意。

我自有打算。

我們約好之後相見的時間地點，然後在大衛像底下說再見，各自往不同的方向而行。

他瞬間沒入人群。

佛羅倫斯的觀光季，本地人都出城去了，這舊城區的石板路上滿是觀光客的腳印，我也在那上頭磨蹭著，但又留不下什麼。隨意找個角落攤開地圖，這是領主廣場，有幾條路往外通。地圖上畫的是筆直的道路，但實際上在我眼裡看來，這街道卻是蜿蜒，尤其那些小叉路又那樣引人，一個閃神就走去了別的地方。只好四處瞎繞。心上掛的是他臨別的話：「別忘了，七點，在大衛像集合。」

我要假裝迷路，去了另一個大衛像那裡嗎？

我們會順利完成我們的遊戲嗎？

如果，中途不想玩了呢？

然而，我想要趕在約定的時間到來前，獨自先去一個地方。因此，這遊戲勢必得玩下去。

我不是故意要回到這裡來的。

從下榻的飯店沿著河邊走，大約二十分鐘的路程就可到達老橋。穿過老橋上一間間賣金飾的店家，從拱型的橋廊往外望，佛羅倫斯像是畫框裡的畫，色彩豐饒迷人卻不帶任何一點時間痕跡，連斑駁的部分都還是那樣斑駁。十五年前也差不多這個樣子，這空間從不讓時間干涉太多。至少，有這麼一幅時光凝結的景象掛在我的記憶中。

我們走過河邊的時候，在僅容一個人通過的人行道上，他一如往常讓我走在前面，說要看著我才安心，以免我落在哪個他找不到的地方。我的腳程比他慢，如此他得跟在我後面慢慢走。他倒也不急，心安理得的慢走兼欣賞我的背影。

經過數年，我的背影在他眼前是否會是同一模樣？如果我變胖了或瘦了，他眼裡的我會跟著改變，還是固執得只從記憶中擷取影像呢？

我們如何在人群中相遇？

小賴預言我一定會重遊佛羅倫斯，他說：「因為妳血液裡的花還沒開盡，但妳又渴求綻放，希望誰能一眼望透了妳，因而唯有這裡能讓妳毫無顧忌。不像我們學藝術的，以為可以在這裡追求什麼、感染什麼，但每天面對這些藝術作品，反倒礙手礙腳，彷彿隨時隨地都被米開朗基羅他們這些大師瞪著，瞧我們能要出什麼新花樣。」

「那是你自己心中有疙瘩，還怪米開朗基羅！」我心想他們這些口口聲聲宣稱學藝術的就是這副德性，似乎總有無限的藉口與理由來修飾自己人格上的問題，像在修補一幅畫。聽多了，不免想要跟他槓上兩句。況且，我也不是他說的那樣。

我們常常針鋒相對，可是下一刻又隨即異口同聲讚嘆生活中的吉光片羽。他就是這個樣子。我歡喜有他的陪伴，但又厭煩他那時而顯得侷促和挑剔的性格。如果他可以再從容些，以及像那些義大利人般的會裝扮自己，我大概更會為他神魂顛倒，但這就不是小賴了。他的缺陷是我不曾有過的體會，因為這樣的缺陷，我反而特別跟他聊得來，不怎麼害怕他。

十五年前是小賴伴我走遍佛羅倫斯，我們談了許多話、做了許多事，唯獨不談感情。十五年後在同樣的地方，我的身邊是另一名怎麼看都比小賴優秀的男人，只是他在這裡想跟我暫時分別，而我也欣然接受這樣的安排。

算是有著不可告人的的私心，我想去找小賴。

才剛成年的二十一歲，帶著狂傲的心情讓自己浪遊於這個花之城市。寄居於母親的朋友一位阿姨家，她只花了半天帶我稍為繞了佛羅倫斯市區，跟我說哪裡有超市可以買東西，然後丟給我一本地圖，確認我會安全地使用一切瓦斯和電器設備煮飯，甚至確定了我這一個月只想待在舊城區後，連如何交通都懶得跟我說，就收拾行李去別的地方度假。義大利人全都趁著暑假度假去了。整棟樓的八戶人家，只剩下我在二樓的寄居屋所和阿姨在一樓的房客。

小賴和另外一對情侶共三人分租了阿姨的房子，都是放暑假忙打工的留學生，毫無假期可言。我們像共同守護這遮風避雨的家園的管家，又像是趁機入侵無人空屋的蛀蟲忙於佔領一方空間，卻都只是暫居於此的人。在這動輒以百年為單位的地方，我們的停留比盤據於此的鴿子還不如。

我以為這大概是我生命裡最能享受孤獨的時刻，在擠滿了觀光客與雕像的古老城市裡，自顧自的流浪於青春歲月的善感多愁，以及過於浪漫的想像。

小賴卻發現了我。他發現有那麼一個女孩，每次進出這棟樓時都會好奇地往他屋裡瞧，他也就每天每天打開一點點門縫，漸次捕獲女孩的視線，直到有一天這些視線都織成了網，我們都將被牢牢補縛。

那天實在是因為廁所的燈壞了，我又不會換燈泡，只好硬著頭皮下去敲門。來應門的是正要出門的女孩朱朱，是那對情侶的其中之一。她聽完我的說明想也不想隨即轉身朝屋內大喊小賴，又回給我一個鬼臉說：「我也不會換燈泡。這些事都是小賴做的。」

把我推給小賴後，朱朱說了聲再見，便不見人影。穿著磚色短褲和水藍汗衫的小賴，斜斜地卡在門旁，睨了我一眼，「妳是柯琳朋友的小孩？」

「是。」我點點頭，可是心理上卻是對陌生人的防備。他把我從頭到腳看了看，問：「怎麼了？」

他打量人的方式雖然不怎麼禮貌，但也不致於太不舒服，我據實以告來此的目的，「浴室燈壞了。」

「喔，」他隨便應了聲就說：「走吧！」

「……」

「走啊！不是要修燈？」

小賴這麼乾脆的說走就走要幫我修燈，我反而不太確定是否要讓他進到只有我一人待著的屋子，但是沒有燈的浴室到了晚上實在麻煩，只好懷著戒心領他上樓。

等他換燈的時候，我整個人都貼在大門口，隨時做好逃跑的準備，就怕他會對我有什麼不軌。可是，他連看都懶得看我一眼的樣子，換好燈後拍一拍手隨即繞過我穿門而出。

「謝謝！」我朝他背後喊。

他嚇了一跳，轉過身來笑了。「沒什麼！柯琳說她不在的時候，要我們多留意妳。」

「謝謝。」雖然是柯琳阿姨交待的，我還是不自覺的對小賴又道了一次謝。

「呵，妳只會說謝謝呀！別謝了，有事再找我。」他故作瀟灑地揮揮手後兀自下樓。

半晌，我才記得關上門回屋裡去。

他幫我換了個比之前還要亮的燈泡，浴室不像浴室，倒像書房般明亮。這也提醒我，要每天清洗使用過後殘留的水漬，畢竟住在人家家裡，總不好意思搞得一團髒。

但是，佛羅倫斯實在比想像中來得髒亂。鴿子大便、人們隨手丟棄的垃圾，以及黑一塊、黃一塊那被風漬過或空氣污染的牆壁，加上總是做不完的古蹟整修工程上的鷹架和圍籬，我第一次的佛羅倫斯像是朵被捏皺的花，還濺了泥巴漬在身上，卻怎麼樣也還是一朵我想要摘取的花。

想像的美好，足以支撐整個夏日。

混熟後，偶爾我會去小賴他們三人的住處喝一杯咖啡或一起看電視，但是大多數時候，小賴喜歡帶我四處逛。

他說：「妳第一次來這裡，而且一下子就回去了，不要老是待在屋子裡，多出去走走看東西，否則就白來了。」

他帶我去過什麼地方呢？

我四處走著，想把現在的路線跟十五年前的記憶連結起來，卻怎麼樣也搭不上線。我確定我記得我們曾同遊了好多景點，還去了小山丘俯瞰整個佛羅倫斯。在那小山丘上，他幫我拍了張好夢幻的照片，可是他從未出現在我的相機裡面。我想要去那個小山丘，可經過一段距離後我就放棄了。只要沿途問路，應該可以找到這個我曾留下年輕靈魂的小山丘，但我想還是算了吧，硬要重現回憶，往往得來的是失望，反而讓過去不再美好，不如永遠保有模糊不清但唯一的回憶。

於是，我又來到大衛像底下。

佛羅倫斯有三尊大衛像，真正出自米開朗基羅之手的被保存在學院美術館裡，另外兩尊複製像則立於不同的廣場任人恣意碰觸、拍照，還有鴿子大便。這三處地方，小賴都帶我去過，也讓我整個夏天塞滿了大衛的身影，宛若陰魂不散的鬼，隨處一轉，又撞見他。

大衛或是小賴。

小賴的輪廓比一般東方人深邃，有著一雙大眼、高挺的鼻樑和微卷的黑髮。他領我去看大衛像，饒有興致的解說米開朗基羅與大衛像的軼事，順便細數藝術史的種種，我則從某個奇特的角度在他身上見到大衛的影子。他的側面臉孔，跟大衛有些相似，但再往下看，論體格則差多了，小賴那過於瘦弱的東方人體型，怎麼樣都跟仿希臘時代健美造型的大衛像有著無限的差距。我不禁有些失望，但又暗笑他終究不是他自己喜歡的模樣。

我愛上了大衛。他的裸體和微屈著腿的樣子，我都耽溺著貪看。想要伸手撫平他那不合比例過大的手掌上顯露的青筋，或是好奇的觸碰那雕刻得極為寫實且裸露在外的生殖器。

「文藝復興在佛羅倫斯復興了對於人這種生物的美好想像，從仰望神的視野拉回了對於人的興趣，因而仿造希臘時代的裸體塑像進行了許多創作。」小賴在大衛像前這麼跟我介紹文藝復興，以及解釋廣場上、博物館、美術館裡那許許多多的裸體雕像，他們或是神或是人，都有著差不多的樣子。

唯獨大衛，我有著不一樣的感覺。

據載擊退巨人的大衛是個才十二歲的小男孩，可是這雕像怎麼看都像個已經發育完全的青年，有人因此質疑米開朗基羅，但是他仍堅稱這才是大衛。也許，這才是他的大衛。而我卻在米開朗基羅的大衛前面，見到了我的大衛，並且戀戀著，甚至在仰視他的生殖器官時會偷偷臉紅，可又無法將視線移開。

侷促不安的我，始終在大衛像附近徘徊。

小賴好奇我何以獨愛大衛，我想了想，只能說出「因為他很美」之類的話語，可是我自己知道這只是場面話，事實上是怎樣也說不清的。喜歡與否的緣由，往往藏在無限的內心宇宙裡，就算有一天爆炸開了，至多是內在的翻了又翻，無法分享出去，外人也難以明瞭。如果可以只簡單的、生物本能的傳達出「喜歡」或「不喜歡」，這樣就好了，更無須任何理由。

買了許多張大衛的明信片，有整體的也有局部特寫臉部、手、生殖器官的。小賴看了便笑說大衛是我在佛羅倫斯的男人，嘲笑我也有異國戀曲，可惜是單戀。

我可以花很久很久的時間，就看著大衛像，什麼事也不做。

經過了這麼久的時間，就算我再也不會回到這裡來了，大衛像還是被保存得完好而供人展示，但很久很久沒有聯絡的人，在這裡要見面的機率恐怕比遇到一位天使還難。小賴從中國來這裡學藝術，什麼時候回去他也說不準。之前我陸續給他打了電話、也發出好幾封電子郵件，都沒有回應。我想，他大概已經離開了吧，回去那個他說雖然養不出什麼大人物卻有著好風景的故里，或是又轉往哪一個城市打拚去了。

我們不過是暑假時廝混的伴侶。就算有那麼一點點的一見鍾情，但是兩人都不說出來，只是相伴著遊走大街小巷。一旦失去聯繫，久了，兩人間的關係自然而然成為風一般的存在，一下子就吹走了。這也沒什麼大不了，從小到大有那麼多相遇又消逝的人們，總是這樣出現於人生中的某個時空，過了，也就散了，雖然不無遺憾，但也無法執著。知道曾經有那麼一個人與自身有著某種關連，也就夠了吧！

就算遺忘也不用感到可惜，或是埋藏著成為一則秘密。

要不，該如何繼續與他人相遇呢？

以為忘記了小賴，但又來到佛羅倫斯時，我想起小賴還欠我一樣東西。一樣我也不太確定是什麼的東西。但是，他說好了要給我的。

我想循著記憶找找看。

世界悄悄裂開一條縫

他問我何不來寫一則愛情故事？

我說我不會寫，因為我早已擁有許多愛情。

他說那就寫一則愛情吧！

我——

慢慢地爬上樓梯。

老公寓的樓梯爬起來特別吃力。每一階都砌得老高，而且陡峭。階面則狹窄得連一隻腳掌都放不下，總是露了後腳跟在外懸著。儘管開了燈，但燈光是不知年代的昏黃，除非習慣了同樣的時光，否則還真得小心翼翼一步接著一步踩，以免不慎踏空而摔了下去。

四樓已經是極限了。

這樣的公寓，事後回想起來，應該很適合拍電影，或者該說有些類型的電影場景會出現如此刻意的陰鬱。

門就設在樓梯的最後一階上，連塊供人喘息的空地都沒有。從樓梯爬上來，要不推開門進屋去，要不就立在那有限的空間裡設法讓自己保持不往下掉。

木門的上半部鑲著透明玻璃，可稍微一窺門裡的空間。但順著視線望去，只是一面掛著小幅風景畫的水泥牆，除非視線會轉彎，否則還是看不見進門後右手邊的室內樣貌。

爬太多樓梯總讓我缺氧和暈眩。左胸膛裡這顆有氣無力的心臟，平常跑跑跳跳倒還瘋狂得起來，就是抗拒爬樓梯或是激烈做愛。所以，他得在後面顧著我，以免我真的往後摔。再說，男生在上樓時走在女生後面，或是下樓時走在女生前面，以防女生摔下樓梯，是優雅紳士的表現。他總是這麼做。這意味著，我得率先打開眼前的這扇門。

潘朵拉打開了禮物盒的蓋子，結果人們將一堆麻煩事的起因都算在她身上，她只好懷抱著希望等待那曾經愛她的人。

或是，留下的，其實是無望？

如此，在一堆愛瞋貪恨中，世界才有希望，而她卻只有……

只有什麼呢？

我轉動喇叭鎖，打開了門，探頭張看，已經有人在等待了。

小黑像隻貓般從眼前閃過。她該是要去洗手間換衣服。正確的說，她是要去脫衣服。

「今天是小黑。」我回頭悄聲對他說。

他點點頭，催促我別停在門口，趕緊進去。他可是還停在樓梯間呢！

室內出奇明亮，天花板的日光燈全都打開了，還有一個比人高的立燈，也閃著白熾燈泡打亮底下一張由幾個木箱拼成的檯子。這木檯不管高度或大小，都跟一張普通的單人床差不多，上面鋪了層綠色棉布，幾個硬式靠枕錯落其上，讓這木檯上頓時有了高低差別，不是平淡無奇的水平面。

木檯是空的，棉布卻不那麼平整，起伏的皺摺似乎正等待著誰來。

室內多是上了些年紀的人，尤以中老年男人居多。會到這兒來的，多半不是打著領帶穿西裝在市街大樓內穿梭的大叔，而是像頑童般的傢伙們。他們跟其他大叔的相同處，大概就是擁有同樣的固執，而且是愈上了年紀愈不容侵犯的領域，像是處理一樁生意或作成一幅畫。

布局——構圖——

光亮處——陰暗面——

也許加些色彩，顯露大膽的一面。

我和他總是頑強地抗拒其他素材。一支6B鉛筆、一支2B鉛筆、一塊橡皮擦、一本素描簿，就是我們各人的所有。

「看得出來，妳從前學的石膏素描，應該畫得不錯。這些陰影處理得很好。」曾有一次，其中一人這樣對我說。

「我從沒畫過石膏像。」我誠惶誠恐地回應，「我不是科班出身的。」

其實我怎樣說都無所謂，大叔執拗地相信我必在石膏像上有些成績。這像是讚美的話，卻使我發愁，「怎麼，我把真人畫成假人了？」

也許——我曾這麼想著——哪個石膏像裡真包裹著一具美麗的胴體，活生生地凝在時空中。

眾人得以觀看。

稍微跟一干人等打過招呼後，我和他迅速鑽入面對木檯左手邊一處斜角的位子。窗戶在我們的背後，有風微微吹動窗簾，帶來不遠處風化區特有的味道。一大片、一大片的老房子。

霓虹燈和大門裝潢不斷更新。

胭脂味點燃了菸草味，搖晃著沒幾步是小吃攤的碳烤香腸。

我竟然有些餓了。

為了趕來這老公寓，晚餐吃得匆匆，一個速食店漢堡十分鐘就打發了一餐。雖然已經省略日常晚餐的繁複步驟，但我們常是晚到的。因為總不願太早來，怕來早了不知要跟那群大叔聊什麼。若都不說話，在這沒有什麼遮蔽屏障的室內，也是尷尬。

不如晚到，反正也不是那麼在意位子問題。斜角有斜角的好，老是對著正面也是無趣。

「我們都沒坐過正面的位子，都是從斜斜的角度看。」他有些不太滿意。

「那你過去跟鬍子阿伯坐呀！」我用眼神指了指正對著木檯的一張大桌。

爽朗的鬍子阿伯每次都早早就來架好畫架、攤平畫紙、擺好筆，然後好整以暇地四處轉轉，跟大家說可以自由使用他堆放在牆角櫃子頂上的畫紙，當然，更不介意誰來使用同一空間。

但是，他想在我身旁。

「不然，下次早點來。」我說。

「再看看吧！」

他想了想，似乎這不是個能輕易答應的事。

我們總捨不得那幾分鐘的時間。趕在最後一刻完成什麼或是開始什麼，似乎才能心甘情願。

「我餓了。」我悄聲跟他說。

他老早料到了，「等一下會有點心。先喝這個吧！」

他遞給我那杯不加冰塊的珍珠紅茶。

據說珍珠熱量高，加上這類飲料又甜，對於容易血糖低的我來說，也算「補給品」。

攪一攪，吸一口珍珠，小黑在我們說話的時候，已經俐落地爬上木檯。她將本來包裹著她整個人的赭紅色大絲巾隨意散在木檯上，開始這邊弄弄、那邊擺擺，調整一旁的打燈和木檯上的幾個靠枕，歪著頭看著木檯像在思考什麼。她踩在腳下的紅色絲巾，讓原本鋪了綠色棉布的木檯，又多了些皺摺。層層疊疊的，像一朵被壓平的玫瑰標本。

她想了想，決定躺下來。

臥佛般的姿態，小黑試了試覺得滿意，坐起來拿起腳邊的手機設定時間。

「我們要開始囉！幾分鐘？」

「十分鐘！」傳來低沈的喊聲。

「五分鐘！」另外一個細小微弱的聲音也跟著說。

「還是跟以前一樣先從二十分鐘開始，之後再五分鐘或十分鐘。好不好？」最資深的一位大叔壓過眾人的聲音。

「那麼，這次就二十分鐘。」小黑說，「開始囉！」

她調好時間設定，迅速擺回臥佛姿態。這對她而言應該是個舒服的姿勢。

她放鬆了臉部表情，眼睛自然望向前方，身體也逐漸進入某種安穩的狀態。

打在她身上的光，也如此安詳。

開始之後，這間老公寓頓時成為一幅靜止的畫。

我把素描簿翻開到空白的一頁，想著要從哪裡開始將她這二十分鐘做最完美的收攏。前面好幾頁已經裝滿了各式各樣男男女女的身體，但以小黑的為最多。

我們不是那種全勤的好學生。這間老公寓的房，每週開放一次，但我們常是兩次休息一次之類的隨性而來。小黑和其他人輪流排班，原則上不會連著兩個星期都是同一人。

我們常遇到小黑當班。

有的大叔沒那麼喜歡小黑，因為她的膚色本就不白，加上隨意曬太陽讓肌膚顯得暗沉，對於某些講求光影效果的人而言，她身上的光與影不是那麼明顯。我會稱她為小黑，也是這個原因。

她當然有自己的名字，而且是個可愛的女孩子名，但我還是喜歡稱她小黑。

這是最直接的感官感知。

我一直看著她。

看著、看著、看著……

旁邊的他已經勾勒出大概的輪廓，一支2B鉛筆正在小黑的胸部上。

他向來喜歡女人的胸部，而我則喜歡這樣的他。

他專注於他的畫，我偷看他的側臉。那是我熟悉的線條，眉骨跟鼻樑骨都那樣明顯，有些外國人的模樣或像一頭犬科動物。

不打擾他作畫吧！我隨即又將視線停在小黑身上。

握著鉛筆在白紙上比畫著，心想從哪開始好呢？從頭開始，還是整個骨架？看著、看著、看著……

小黑發現了我。

「妳都看些什麼？」

小黑在我床上翻了個身，又翻了一翻，極其靈巧地鑽進我懷裡，可又無限慵懶地不願離開床面半公分。她卡在我跟我正在閱讀的書中間，佔據整個視野。

床單多了幾道皺痕。

「這是什麼？」她轉過頭，埋在我的書裡，「有趣嗎？」

「算有趣吧！教我如何用一些方式去看妳。」她這樣蹭，我哪還看得了什麼書？我跟著她律動的方向也翻了個身，順手將書擺在床頭櫃，隨口問：「妳要看嗎？」

我知道她不看書的。

我還是會問，彷彿冀求哪一天她會給我一個肯定的答覆，就像有人問我「妳愛我嗎？」差不多的感覺。

「看什麼？」她又換了個姿勢，壓在我身上，說：「看書？還是看我？」

「當然是看書……」我說……嗯，可是不太對。

我不加思索就改變了心意，「也許看妳更好。」

「用哪一種方式看我？」

「妳想要用哪一種方式？」

「色色的那種。」

小黑吐出貓般的粉紅色舌尖，在我的嘴唇舔了一下，隨即將頭埋在我的耳根旁，呼出熱熱的氣。

整個人就那樣貼在我身上，賴著不動。她的雙手搭在我的肩膀，像尋求依附的孩子。無助，天真，執著。

我們的依賴關係，建立於彼此不信賴的關係上，而且也沒什麼好信賴的。只是捨不得那樣的溫度，以及——我實在太喜歡觀看她了。

她不是那種很好看的女生，看起來年齡介於二十五至三十歲之間，如果只是走在街上錯身而過的瞬間，大概無人會對她留下特別的印象，怎麼樣就是一般這個年齡女孩的樣子，可能膚色黑了些而已。然而，若在一群女人或男人的聚會中，又可以讓人很容易認出她。

算起來，她應該是耐看型的。

需要多一點時間。

「時間到囉！」

小黑的手機發出微細的鬧鈴聲，她又等了半分鐘讓大家收尾，才緩緩坐起，宣告一節結束。

我的畫紙上只有隨意塗鴉的幾筆線條，美其名是勾勒輪廓線，也可當成什麼都沒畫。

通常都是這樣。

在最初的這一節時段裡，我畫不出來。尤其是遇到小黑當模特兒，我盯著她看的時候多，真正下筆的時候少。

小黑擅長擺姿勢，而且十分大方地伸展她的身體，不像有些模特兒會想方設法的遮掩，反而看了彆扭。這也是她最被畫室裡的那些大叔們稱讚的地方。他們大概對她又愛又恨。喜歡她的體態，不喜歡她的膚色。大叔們如果可以的話，一定不想小黑常常去海邊玩衝浪、曬太陽。可惜這不是什麼有名的畫室，小黑也不是只作人體模特兒這一行，而且鐘點費也領得一般，大叔們就沒什麼好計較的了。

我發現小黑很厲害。她擺的姿勢讓大叔們無可挑剔，可絕不會露出第三點，連邊邊角角都沒看到。只有修剪過的陰毛，稍微指出了位置。

小黑的那裡和大腿根部連接處的線條，那女性的三角地帶，跟她不那麼漂亮的五官比起來，算是美麗性感到非常過份的程度。全身上下，我最喜歡畫她這個部位。往上，是她隨意放鬆的小肚腩，隱約看得出腹肌的線條，那是持續運動的女人才有的身體肌肉。往下，她的大腿依身高比例來說應該算長，卻不纖細，屬於結實飽滿的那種模樣，我尤其喜歡她大腿外側的線條，彷彿連裡面絲絲的肌肉纖維都是那樣繃緊了的而且平順光滑。

我的小黑——呵，我可以這麼想她嗎？

她在眾人的目光下，至少有一斜角是屬於我的。

我迅速闔起素描簿，小黑已將全身裹好紅色絲巾往這邊走來。她漫不經心地繞過我，轉去跟對角線另一方向的大嬸聊天。她們本就認識，每次休息時間，小黑總會去跟她聊天，或是四處看看大家都把她畫成什麼樣子。

我從來不讓她看。

那是我畫的小黑，也可以說不是小黑。我臨摹的，也是我創造的。

我卻不在意坐在隔壁的他過來看我的畫。因為我也看他畫的。

他喜歡畫女體，遇見男模特兒總是皺眉，直嚷著沒什麼意思。他也喜歡畫小黑，認為小黑的身體很好掌握。

「況且，」他說：「都畫過好多次了，比較不那麼陌生，不用重新熟悉她的身材和骨架，可以有多餘的時間去表現更細膩的東西。」

「更細膩的什麼東西？」我問。

「……氣質吧！」他想了想，給了個自己也不確定的回答。

氣質要怎麼畫？我想不通。

他的畫有種原始的生命力量，人體比例不那麼精準，有些過胖，可耐人尋味。以一般標準而言，或是在那些畫家大叔的眼中，他的畫讓他們無所適從，不知該如何評說。說不好嘛，好像又有個什麼樣子。說好嘛，又絕對不好。

一位大叔曾經委婉地說他有些夏卡爾的風格。

天知道他最害怕的就是夏卡爾！他說那色彩不知是鮮豔或陰鬱，彎曲又飄渺的人物像是幽靈，三更半夜看到一定會被驚嚇。

大叔顯然是沒話找話說，或是隨便說個譬喻來給他信心，讓他會持續畫下去。

他不管。我也不管。

繪畫的意義，有時候也在於跟模特兒的關聯。

「妳不覺得小黑有種……嗯，該怎麼說呢？……猥褻感？喔，不對，是比猥褻還高雅的感覺，但絕非什麼女神之類的。反正，就是有些色色的氣質，讓人很想把她弄髒。」

曾經，他瞇起細長的眼睛，一臉幸福的模樣這樣說。

那是閒餘飯後我們聊天的話題。我們把畫過的人體模特兒都點評一遍，我點點頭附和他。我完全贊同他對小黑的描述，也真心這麼覺得。

小黑確實如此。

我常以為小黑身上有股味道，就算隔得遠遠的也能聞到。酸酸的、香香的，像是撲了痱子粉後又流出汗，混合著潮溼空氣中的塵埃和陽光曬過的乾草味，以及女性在排卵期時不經意流洩出的熱情，或是愛液的奇妙滋味。

這只是我的妄想——不能指責我，畢竟這是小黑帶給我的妄想。

小黑身上只有淡淡香水的味道，花香調的，我老覺得跟她不太搭。她的香水用得極淡，要挨近了她才隱約聞得出來，根本不可能大老遠就從身體散發出什麼味道。

一切只是無法證實的……感覺。

不過，我又是什麼味道呢？

「妳聞起來奶奶的、香香的。」他對我說。

「哈，我從來不喝牛奶。」聽他這樣形容，莫名的，我十分開心。

最令人眷戀的奶香，母親最初的給予，嬰兒深深藏起的記憶。

如此想起來，會感動得想掉淚。

可是，我親手殺死了一個媽。

「我是讓外婆帶大的。」小黑說，「我爸不知道是誰，我媽則不見了。」

她說得平靜，不過份自嘲，也不特別感傷，像在讀報紙一樣敘述自己的身世。「我媽把我丟給外婆就消失了，但偶爾會寄錢過來。」

「那應該就有地址可以查？」

「查過了。都是胡謅的地址。外婆找過一兩次，沒找著，就放棄了。反正，外婆有些積蓄，也不缺我一個人吃飯。」

小黑在我房間四處探看，順手拿起妝臺上的指甲油，大剌剌地張著腳坐在地上擦起指甲油來。短裙裡的花紋內褲一覽無遺。

她極為熟練地將她的腳趾頭，一根一根塗滿其實不怎麼適合她的無光澤橘紅色。

我說這顏色會讓膚色黑的人更顯黑，而且還有些蠟黃。

她說只是擦得好玩，試試看而已，一會兒就去卸掉。

我一面看她玩我的指甲油，一面又繼續問她：「妳想去找妳媽嗎？」

「找她幹嘛？」

「這麼多年，也不知道她怎麼樣了……」

「不知道掛了沒？」她連頭也不抬就隨意說出我不好意思問的話。

小黑擦指甲油的技術真是好，瞬間就將十根腳趾頭塗刷完畢。「好像也還不難看。」她抬起雙腳到我眼前晃了晃，又縮回去自己瞧了半天，還算滿意的樣子。

她用手對著腳趾頭搧風，好讓指甲油快些乾。

「我啊，」她說：「沒有媽不也這麼長大了？不用擔心。我外婆很疼我。」她歪著頭想了想又說：「不過，如果外婆知道我在做這個，大概會氣死。呵！」

「做模特兒？」

「對呀！而且還是脫光光的那種。」

「很漂亮！」我忍不住撫摸她的臉龐，沿著輪廓線一直到鎖骨的位置，然後又繞上去另一邊的臉。

她像隻心情極好而裝做乖巧的大貓，任由我盡情探觸她的肌膚，露出淺淺的笑。

然後，她宣布：「我不想把指甲油卸掉！」

這在她身上顯得骯髒的色彩，讓人想把她弄得更髒，而且毫無羞恥感。

我的素描簿空白處總是會沾上鉛墨，黑黑灰灰的，怎麼樣也顯現不出天堂般的潔白樣貌。我畫的人也是。所以我喜歡小黑。可以用飽滿的色調去描繪她的身體，似乎怎麼樣髒污了畫面也沒關係。

休息時間，小黑在畫室四處閒晃。

「恭喜呀！要結婚了。」一角落飄來大嬸的聲音，她拉著小黑的手十分熱絡的樣子。

小黑笑得一臉幸福以及嬌羞。我從沒見過她這樣的表情。平常總是天不怕地不怕，有些男孩子氣，偶爾還會流露出玩咖氣質的小黑，沒想到有一天會用「嬌羞」這個詞來形容她。

也許她可能還會出現讓我想要用新的語彙來形容她的表情和氣質，當下我豎起了耳朵專心聽他們的對話，卻假裝認真於修改我的畫作。

有些事情，就算是親密如隔壁的他，我也不想分享，想要獨自擁有。

秘密地進行著。

小黑要結婚了嗎？她為什麼沒告訴我？

可是，她又為什麼要告訴我呢？

我們是那樣隱蔽，說好了不給第三人知曉我們的關係，但可沒說不能彼此訴說其他的人事物。況且，我們也喜歡聊天。我想不通結婚這等大事，小黑為何要隱瞞至今？如果連跟她不是那麼熟的大嬸都得知她要結婚的消息，那麼，我呢？

因為我是她不可告人的「隱藏人物」嗎？

身旁的他似乎也聽到大嬸的嚷嚷，靠近我低聲說著：「小黑好像要結婚了。」

然後呢？我的眼神順他的話移往小黑的背影，那個我熟悉的身體，就在視線可及處，但是披上披巾後竟感到遙遠與陌生。

「是喔？她要結婚了喔？然後呢？」

「不知道她結婚以後還會不會當人體模特兒？」

「應該不會吧！她老公應該不會讓她做這個。」

「這麼說，那他的未婚夫知道她是人體模特兒嗎？」

他小小的猜測引起我的好奇。我知道小黑有男朋友，但我們從未談到這個人。彷彿在我們的小天地裡，至少在我們相約相擁的時光中，男朋友是不需要存在的。當然，也從未想過，小黑的男朋友對於她賺取部分生活費的工作有什麼意見。

男人不是都不喜歡也不願意自己的女人裸露給別人看嗎？

我不介意。

在某些片刻，我擁抱小黑，但更多時間，我與眾人分享她的身形的美好。

但是，如果我是小黑的未婚夫呢？如果我是個男人呢？

不禁問他：「如果我去當人體模特兒，你覺得怎麼樣？」

「不要啦！」他當然說不，可是又悄聲說：「當我的模特兒就好了。」

跟我料想得差不多，沒什麼好大驚小怪，我們的話題又回到小黑身上。

她已經在屋內轉了一圈，又去查看她的手機，轉過頭來詢問我們是否要開始下一節的繪畫時段。

越過小黑的視線，我抓緊時間去洗手間。故意從她面前而過，卻完全不跟她有所交會。現在，我只是這間房裡的其中一名繪畫者，除了觀看並且描摹她的姿態和身體之外，就算偶爾在腦中有什麼遐想，不應該有其他更深入的交往與交集。

我的目光跟其他人的目光，在這樣的時刻，同時投射在小黑身上，再經過生理組織以及畫家的情感投射，呈現在各別的畫紙上。

最終完成一件作品。

赤裸裸的。

如此，我算熟悉小黑了嗎？

那是穿上衣服的小黑。她在一家流行雜誌社打工，做些庶務類的工作。碰巧我認識這家雜誌的總編輯，她老看我這吃不飽餓不死的模樣，好心給我開了個小專欄，讓我用從前的旅遊經歷換取不無小補的稿費。

小黑穿了件刷白的牛仔褲和深灰色的罩衫，罩衫裡面隱隱約約可見豔桃紅的內搭背心，說不出好不好看，倒是她隨意散落至肩胛骨的長髮，在胸前、耳旁、肩膀起了些波浪，算是會讓人多看兩眼。在畫室裡，為了讓我們清楚描繪她的肌肉和骨架，小黑的頭髮不是綁了個馬尾就是在頭頂上結成髻。

偶爾，我會去這家雜誌社串門子。不怎麼大的辦公空間，一下子就認出了小黑。我認出她應該不算驚奇，沒想到她竟然認得我。我猶豫著要不要和她打招呼，怕她顧忌被其他人知道她那人體模特兒的工作；她卻先跟我點頭微笑。

我們就這麼有了私下的往來。

我不想跟任何人吐露與小黑的關係。她也是。我們達成了協議，我們兩個人的世界自是兩個人的世界，不需要讓第三者知道與介入。在這世界之外，各自生活互不相干。為了構築僅有我們二人的小世界，堤防其他人的干擾、介入，我們約會的地點不在她家就是我的房間。

我們用簡訊相約開啟「這個世界」的時間，知曉後隨即刪除，不留一絲一毫她或我曾經出現在對方「其他世界」的痕跡。

我們約會，像是偷情。

除了性還是性。從畫她的裸體開始認識她，之後直接在她身上用我的方式作畫，愛撫、呻吟、從毛細孔滲出的汗珠，我的一筆一畫像隱形墨水迅速遍佈她的全身又迅速消失，只有用對方法才能重現我的刻印。也許，很久很久以後，小黑的記憶裡早已模糊了我這個人，可是有這麼一刻，我還是在她身上作下了記號。也許，過了一陣子我會開始厭倦，會對她的身體不再感到興趣，甚至提不起勁來想她。可是我們確確實實一起做了些什麼，用我們相似又相異的身體摩擦著並且留下彼此的氣味。

這算什麼？

不可理喻又不可告人的，我與小黑。

對於愛情，我們的關係是如此殘缺，以及固執地謹守一方小小的假裝偉大的領域，因而我們才能這麼慾望對方。本該不堪的，卻神聖起來。

小黑問：「嘿，妳喜歡我吧？」

她的問句充滿自信，而且答案只有一個。

可是，我不告訴她。

就算說出來，也沒什麼意思。

那麼，小黑喜歡我嗎？她神祕一笑，在我嘴角旁長美人痣的地方啄了一下。她說：「親吻這裡，感覺好挑逗。」

可惜，這不是我的性感帶。

在開始前四處擺弄展示木檯上的靠枕，並且隨意試試各種姿勢，似乎是小黑的習慣。在她東摸西蹭之後，突然瀟灑地擺出個漂亮的姿勢，就是接下來這一時節我們所要面對的裸體模特兒。

她交疊並且伸長了雙腳坐著，雙手支在後面撐起身子，她的上半身是那樣侵略性地展露在我的眼前。這是個讓我頭疼的姿勢。因為我不會畫小黑的乳房，可她的乳房現在是完全挺立出來了。

我描了幾筆，覺得不滿意，又翻過一頁畫紙。

沙沙沙的聽筆摩擦紙的聲音，機械性的勾勒線條、塗上陰影、整理肌膚質感的表現，最後連背景的的小木檯都畫了。我還是不會畫小黑的乳房。我畫出的小黑的乳房像是幼稚園小朋友畫的，那樣稚氣的線條，完全缺乏立體感，更不用說任何關於美好的女性第二性徵的想像。

要如何描繪那會隨著姿勢不同，時而雙雙挺立、時而扁塌一側的乳房呢？那樣不完整的圓，脂肪填充的垂墜感，凸出於身體之物，讓我感到十分迷惑。小黑的乳房就跟她的人一樣，不大不小、不美不醜，若是消失了卻顯得突兀。

我可以親吻、吸吮、齧咬、撫摸、揉搓她的乳房，這讓我們得到同樣的滿足與愉悅，可我就是不會畫她的乳房。

我從未告訴小黑我的困惑。

每一次她問我畫她畫得怎麼樣，我都說不錯，然後就是她鬧著要看我的畫，而我不給她看的重複戲碼。

「這是我！我應該有權看吧！」小黑在從我身上滾過一圈，她似乎很喜歡往我身上蹭。然後優雅地翻身下床，想要去翻我的素描簿。

我拉住她的手，順勢抱住她的腰，枕在她尾椎骨的凹陷處，拖住她：「不不不，這雖然是以妳當模特兒，但還是我畫出來的，所以我才是著作權人。」

她無法掙脫我的熊抱，只好笑著算了，「沒什麼大不了的，小器鬼，不看就不看。」

就像我們絕口不提各自的男人，漸漸的我們也鮮少說及我的畫。畢竟，我不是職業畫家，純粹為了興趣與好奇，才會走進這間幽暗巷子裡的老公寓，煞有其事的拿起筆跟著一群畫家們隨手塗鴉。

隔壁的他是被我找來的。

說實話，他畫的人物跟模特兒一點兒也不像，可是他畫的小黑的乳房卻異常漂亮。我問：「你怎麼畫的？感覺很好。」

「就是要有感覺。」不假思索，他回答得那樣自然。

「光是用看的，有什麼感覺？」天！又是感覺！他的感覺跟我的感覺有什麼不同或相似呢？或是，同樣一件物體，投射到我們的視網膜經過視神經傳遞到大腦視覺區產生了影像，又將這影像經過另一串神經生理反應然後用手畫出來，不同的人又有什麼不同的結果呢？

我常好奇他那雙只露出半個黑眼珠的細長小眼睛，看出去的世界會不會跟我不一樣？為此，我會花很多力氣並且專注地觀察他的黑眼瞳，但除了我自己在他眼瞳上膨脹的影像外，根本看不出所以然來。這也算是跟我看到的世界不一樣了吧！我的雙眼上映的是他的影像，而他的則是我。

他開始熱心地跟我解釋：「要跟咪咪有緣。」

「什麼？」

「要把它放在心中，不要只把它當成一個物體放在外面。這時候就不會只用『乳房』這個概念去看它，將會發現它會動、會起伏、會有不同的樣貌，然後我就可以用畫筆呈現出來。」

「嗯……那麼，你會跟男生的小雞雞有緣嗎？」頑皮一想，我開始試探他的「緣」是否放諸萬物皆然。

「絕對不會！」他覺得我真是傻了，這問題不用問就知道，對於他而言，男人的那個完全沒吸引力。

果然——不是什麼都有緣呢！

我還是笑著接受他的說法。試著想要建立起我跟小黑乳房的「緣」。

若果真有緣，或是有什麼可能的良善的緣，我跟她會不會相遇在更好的時空中？

無情，也是有情。想方設法避開一切，似乎也等於盡力收攏了所有，如此方能排除想要排除的。倘若毫不相關，也不會特別在意，更無法用好或不好來做評斷。

我畫不好小黑的乳房，那是有緣還是無緣？

我跟他，或許各自有著跟小黑乳房的不同的緣。

畫不好，也總是畫著。

最後一次了。

我傳了簡訊指定時間要小黑到家裡來，說我想私底下畫她。

小黑回傳了一個眨眼的笑臉圖案，讓我不知道她究竟是要來還是不要，可又不想再傳訊息問她，就這麼等著。

比約定的時間晚了五分鐘，小黑來了。

我不意外，因我想她該是會來的。

她從未推過我的約會。我倒是偶爾會放她鴿子。

「喏！給妳。」她帶來一盒我喜歡的日式點心，毫無防備地進入我的領域。

我猶豫著要一見面就跟她說清楚心中的決定，還是等到她要走的時候再跟她說？

收過點心，轉進廚房弄了兩杯抹茶，連同兩張小盤子，我張羅著小黑一同來吃她帶來的東西。心中卻一直盤算著何時是最適當的時機，而且在不傷害任何一個人的情況下還能滿足我任性的欲想。

她隨意放下背包，我們相對著客廳茶几坐在地上。小黑歪著身體，幾乎是趴在茶几上了。她直嚷著：「好累喔！」

「要不要睡一下？」我想，在我的屋子裡短暫小憩一會兒適沒有問題的，這個時間以及之後的好一陣子應該不會有別的人來。

「不要。」她打起精神說：「我要吃和果子。」

「還不是妳自己帶來的？」我將六樣點心依口味各自分了三樣在我們各自的小盤裡，推到她面前。

「我想跟妳一起吃。」她伸出舌尖舔了舔沾到糖粉的手指頭，十分滿足的模樣。

小黑滿足於和我一起享用點心，滿足於打零工的的微薄生活費，滿足於我這十多坪的小套房。她總能讓生活像是個驚奇的點心盒，而她則是永遠對這個點心盒心滿意足的孩子。

她應該也滿足於我們之間。

吃完點心，帶她去洗手、洗腳，她想求歡，我堅持要先畫她才能做別的。

「我會付妳模特兒費。」我想，就算是私底下，工作就是工作，她應當得到報酬。

「不用啦！」她想了想，說：「但是，不能太久喔！」

我答應她只要十分鐘就好，並且附上一個濕膩膩的吻，她才甘願任我擺佈。

「幹嘛在家畫我？在畫室畫不夠？」她迅速脫好衣服倚在沙發上，又是習慣性地換了好多個姿勢，「妳要我擺什麼樣子？」

「腿張開。」我早已找出素描簿和鉛筆，在她對面搬了張小凳子坐，擺出畫家的姿態。

「幹嘛？」她反而收緊雙腿，像是隻被驚嚇的小貓。

「我想畫那裡。」

我是認真的。我們對看了幾秒，世界彷彿趁此時悄悄裂開了一條縫，卻只有我們發現。

「色狼！」她猶豫了一下，張開腿緩緩擺成A片女星的姿勢，「要畫得很漂亮喔！」

「本來就很漂亮！」

我像是個誘拐小女生的色狼大叔，甜言蜜語無論是真實或虛構都盡我所能地說給她聽。我想取悅我的模特兒。我要她在自我感覺最美好的狀態下進入我的視線，如此我得以用畫筆塑造出另外一個她。

我看著她的那裡，那樣美好細緻而富有彈性，想像著將來的某一天會有個嬰孩的頭顱從撕裂的傷口中擠出來，伴隨驚天動地的第一聲啼哭，不禁流下淚來。

小黑閉著眼睛像是睡著了。

眼淚安靜地滑下臉龐，並未驚動她睜開眼。

我任憑淚水在臉上乾涸，不想擦掉。這是頭一次，我為我那未曾謀面的孩子哭泣。我無法養育這個孩子，甚至不讓誰知道曾經有過這麼一個孩子。我毫不猶豫地將之捨棄。這個孩子以破碎的姿態從我那裡流出。我的那裡連個肉眼可見的傷痕都沒有，甚至在全身麻醉下連疼痛都微乎其微。

那時候，我多麼年輕！我不想當媽！

我不想知道世界隨之缺了一角。

我以為我忘了。我假裝我忘了。

我的眼淚從小黑的那裡流了出來。

她睜開眼跪坐在我前面，慌張地問：「妳怎麼哭了？」

「我沒有。」我笑著回她。

「這是什麼？又鹹又苦！」她用手指沾了我的眼淚，舔著。

「別哭呀！」她的行動比嘴巴說得還快，一把將我摟在懷裡，把我的頭按在她的胸前，頓時我成了埋在她雙乳中的嬰孩。

我突然放聲大哭。哭得連自己也不知道原因，只是很想好好哭一回。小黑任我在她懷中哭泣，直到我的嚎啕大哭轉為斷斷續續的抽咽，她才離開去拿面紙給我。

「哭什麼？看，眼睛又紅又腫囉！」小黑不斷撫摸我的髮稍，溫柔地叨叨絮絮說著話。

她的眼睛也泛紅。我看見了，卻沒告訴她，或是問問她為何也紅了眼眶。

我只是不停搖頭。

小黑笑問：「畫我的那裡會這麼傷心喔？有這麼嚇人嗎？」

我還是搖頭。

小黑想了想，換個話題：「那麼，妳畫好了嗎？要繼續嗎？」

我搖搖頭又點點頭，連我都有些搞不清楚了。

「那麼，我來猜，妳還沒畫好，還想繼續畫？」

聽小黑這麼說，我忽然想笑。她像是我的翻譯，而我是連自己都無法定義的語言符號。或是，她強行給予了我另一種新的解釋。是與不是，很簡單。總是要進行下一個時程的事。哭過就哭過了，接下來，要做什麼？

還有什麼可做與不可做的？

當我一一描繪過這些那些的女人與男人，他們怎麼樣也不會變成我的。或是，變成我。

我讓小黑再回到原來的姿勢，繼續我的素描。

我想要畫出生命的美麗與殘忍。也許，局部特寫就好。

之後，我完成我的畫，我們也做了愛，枕著彼此臂膀好一會兒，趁夜還不是那麼深的時候催她離去，免得走夜路危險。

我還是沒告訴她，我私自將這次見面當成我們之間的最後一次。不是因為難為情或顧忌什麼，也沒有特別難以啟齒的情緒，反而像家常對話一般可有可無，反而不一定要說了。

我把這張我最滿意的素描撕下來，用另一張乾淨的白紙罩著，捲成筒狀繫上蝴蝶結像個畢業證書那樣送給小黑。要她先不能看，回家才能看。如果不滿意，就將之撕毀扔了也無妨。但是，現在絕不能看。

她安靜地收下畫——這氣氛過於安靜了。

如同往常，小黑撿起散亂地上的衣服穿好，稍微檢查背包的東西怕有什麼遺落了，然後熟門熟路的打開我那繁複的門鎖，再轉頭跟我 kiss-bye。整個過程始終安安靜靜，她一直若有所思。

「妳還會找我嗎？我以後是不是不要找妳了？」

小黑鼓著腮幫子，睜大了眼睛，像隻可愛的花栗鼠。若在平常我一定會忍不住去捏她的臉頰，但是現在，我得好好回應她。

但是，我大概用了最差的一個回應，「妳不是要結婚了？」

「妳怎麼知道？」小黑原本聳起的肩膀垂了下來，神情充滿訝異與驚恐，像做壞事被抓到的小孩。我只能誠實地跟她說我在畫室聽到她跟大嬸的談話。

小黑喃喃自語：「還是讓妳知道了呀……」

「不能讓我知道？」我是明知故問。

「不知道。」

我想著小黑說「不知道」究竟是什麼意思，換我鼓著腮幫子瞧她了。小黑摸了摸我的臉，問：「妳生氣了？」

「沒有。」

「那為什麼……」

「不然怎麼辦？」

我真的沒生氣，也沒理由生氣，或是就算生氣了，也無法找出個合理的緣由來。因為她要結婚了？因為她沒跟我說她要結婚了？因為我以為我認識的小黑卻要成為別人的新娘？因為我那一直壓抑著的……

我們那微小的羈絆，隨時都可能破裂消失，這是我們都心知肚明的，卻更享受「每一次」溫存的時光。

一次又一次，我脫光了衣服，在小黑面前晃動著我的身體。

我們赤裸裸地纏綿，或是半裸地滿足慾望。體溫燒燙著我那張小小的床。

我們依偎，像躺在一艘船上，隨波盪漾。如今，船要停岸了，我們只得下船。

小黑的臉上慢慢浮現出一切都了然於心的表情，她說：「那……我走囉！」

「嗯。掰。」我盡量裝得無所謂，就像之前我們要分開時那樣。

在門口穿好鞋子，小黑深呼吸了一口氣，又問我：「妳還會來畫室嗎？」

小黑的問題我沒仔細考慮過。

如果將來去畫室畫畫時，又遇到小黑當模特兒，我會是怎樣的心情？她又是如何呢？反正，我不是畫家，無論何時突然停下筆說不畫了，應該也無妨。

我望著小黑那一身黝黑的肌膚，說：「也許不會。」

她笑了，「跟我一樣！我也不會去了。」

我累了。

三小時的素描時光，過後，我總是疲憊。後面的收拾幾乎都靠他一個人完成。我只需顧好自己的隨身皮包就行。

一本新買的素描簿已經畫了半本，剩下的，大概會一直空白。

我們都同意這是最後一次來畫素描。雖然錢已繳了一個月的份，還有兩次沒用到，但不知怎的，我們都不想來了。

「每個星期都要趕來這裡，好累！」他說。

我完全同意。當嘗鮮的興致減退後，熱情也沒剩多少時，該是思考是否還要執著的時候了。

我們太容易見機而逃，也許是我們過於敏感與脆弱。

他說：「這也沒什麼大不了的。要堅持的時候，我們還是會堅持。」

那將會處於何種狀況呢？

默默收拾好畫具，依例跟畫室主人打過招呼，一句話也沒提我們不會再來。畫室主人好心邀請我們去參觀他朋友的畫展，我們笑著收下宣傳單，彷彿下個星期還會再見。

我們又一步一階踩著樓梯下樓。他在我前面走得很小心，不時回過頭來看我是否走得安穩。

我聽見小黑的聲音，從背後的屋子裡傳來，混雜著大叔、大嬸的笑聲。

他也聽到了。
停在樓梯中間，他悄聲問：「還是……我們下個星期再來一次看看？」
「不要。」我說：「夠了。」
我們——
慢慢走下樓。
從此以後我應該再也不會走進這棟老公寓，甚至連這一區也很少來。
「對了，」在停車場前，他忽然停下腳步來，想到什麼似的說：「妳知道小黑叫什麼名字嗎？」
我沒回答，只是眨著眼睛看他想要說什麼。他饒有興致地說：「剛才瞄了一眼排班表，原來她叫姿君……感覺好不搭。」
「姿君……」我說：「我知道……了。」
我衝上前勾他的手臂，肌膚相碰處傳來他溫熱的體溫。
燈火通明的夜晚，裝飾得閃亮的慾望，我們驅車駛過這街道。擺在後座的素描簿裡壓著一幅又一幅男人與女人的肉體；我畫下我所見的，但我所見的不一定能被我畫出來。畫畫不是我的專長，畫出來的東西，說不上好看或不好看。

如果，小黑看了我送她的畫，她將會發現我，以及——不怎麼好看也不怎麼難看的，也許是的，我的愛情。

在女人的雙足間

放了吧！

他一直不明白，女人為何對鞋子有那樣深的執著。

我說了許多理由，他似乎可以接受，但我卻被自己迷惑了。這些那些的辯白，雖然說得頭頭是道，卻沒一項能真正說中心底的渴望。也許是比好幾輩子前的記憶還要深沉的慾望，而且有一種疼，像是有根最細最長的針扎進了靈魂深處，但人們說那是美麗的痛楚，便就如此扎著，捨不得拔除。

自虐與快感的集體記憶，翻飛過幾個輪迴依然，我也是群體中的一名。

不然又該如何呢？學得的愉悅，儘管伴隨著痛苦，只要有那麼一丁點的美好，便無法放棄。就算這美好可能只是旁人稱羨的目光、對於未來生活的賭注、催眠似的某種誘人遐想，如此微不足道甚至毫無意義，卻已然構成生命的一部分。

我不懂，只是憑本能而行動。

喜歡——欲求——擁有——

永遠填不滿的——比一隻大腳勉強塞進玻璃鞋裡還要困難。

她痛恨自己的雙足。

那樣大的腳，完全不像個女人該有的，不秀氣也不性感，別說纖細的腳背形狀，連人說好命人的肉腳掌也輪不到她。她的腳除了大，其餘的只是最普通的普通，她說：「醜死了。」

「會嗎？還好呀！腳大站得比較穩，比較能走路。」我不知道這有什麼好嫌棄的，況且她的腳其實沒她想得那麼大，只是不是那麼一般的尺寸而已。

每次說到她的腳，她都一副快哭的表情。我想要止住這個話題，可三不五時又會聽她抱怨她的腳。

「我喜歡妳的腳。」我說。

她白了我一眼，臉上儘是我有什麼毛病的表情。

「妳跟我交換好了。」她說。

「我們又不是玩偶娃娃，說拆就拆，不滿意還能互相交換？」如果，我們都是機器人，說不定我真的會跟她交換。但是，我不想告訴她這樣的念頭，她一定會以為我是在拿她尋開心。

她的表情很有趣，像是哭、像是笑、像是生氣，又像是耍賴，「所以，妳不能喜歡我的腳。」

「為什麼？我喜歡妳的腳，又沒礙到妳，也不會對妳怎樣。」

「因為我不喜歡。」

「妳不喜歡的東西，我就不能喜歡？」

「但是……那是我的腳。」

「那是我的喜歡。」

她大概覺得我這個人真是莫名其妙，而且缺乏該死的同理心，無視她的煩惱，反而自顧自的表達自己的喜好。她恨恨地說：「隨便妳！反正我不喜歡。」

我抓起一隻她欲往內縮的腳，順帶將她整個人都往前拉。她毫無防備地倒在床上，一隻腳在我手裡，一隻腳則亂踢著掙扎。

「哇！妳幹嘛啦？放開我！」她大聲嚷著。

「噓！小聲點。等下我媽以為我們怎麼了。」

我立即放手，她也不喊了，卻免不了丟過來一顆枕頭攻擊我。

踢開枕頭，轉個身，我和她屈膝在床上並肩坐著。我們的腳並排在那兒。很明顯的，她的腳的確比我大，但也絕對不到駭人的程度。

我說：「其實也沒什麼關係。腳就是腳。」

她用肩膀撞了我一下，說：「妳是第一個這樣看我的腳的人，我從來不讓人看我的腳，而且盡量不脫鞋或襪子。」

「那麼，妳將來的老公呢？他也不能看？」

「我也不知道。到時候再說。」

那一年，我們十七歲，偶爾她會到我家過夜，像是一般女孩們會做的那樣。我笑看她的煩惱與秘密，想著沒什麼大不了的，不過就是她太愛漂亮、太挑剔了，況且也沒人會注意。

也許，只是我不在意而已。

她的心思想必比我多上許多。關於如何做一個女人，而且是搖擺著軀體誘惑全世界的女人，她有著無限深沉的渴望。

我只有生理上正經歷著青春期，心理上卻老想著像個孩子般的玩耍。「男性」這種生物是家中長輩諄諄告誡不可親近的對象，同學間幾本互相借閱的羅曼史小說讓人更覺虛幻。我尚未準備好要跟誰有所關連。當我還只將注意力放在頭髮梳整得順不順時，她已行至外貌的其他部位，從頭到腳一路往下，終至最底層的糾纏。

慾望早在女人的雙足間纏纏繞繞。男人的或是女人的，她的大腳顯得鬱鬱寡歡。

誰會喜歡呢？

她開始研究讓腳變小的方法。

聽說有人將腿骨鋸開再接起來可以增高，不知道有沒有可以縮小腳掌尺寸的手術？但一個弄不好，豈不變成殘廢？她想了想，就算真的有這種手術，大概也沒膽子去做。

想到古時候女人的裹小腳，那三寸金蓮形容得多玲瓏可愛。她查看了一些資料，那時候的女孩大多四、五歲就被抓去裹腳，最遲也十五、六歲，到她這個年齡根本不可能有什麼改變。她盯著資料圖片看，那些像個小粽子的小腳，彎彎尖尖的，穿上繡花鞋確實有些耐人尋味的美感。但是，解開層層裹腳布後，見到那腳趾頭幾乎隱沒不見的小腳，她突然哭了。先是無聲無息的掉淚，等到鼻水也出來時，變成抽抽咽咽的啜泣，最後心一緊，她用力哭了出來。像個被惡夢驚醒的孩子，她聲嘶力竭地哭著。若仔細聽這哭聲，也像個孩子一樣在尋求安慰，可是她總是等不到安慰她的人。這時候，只有她獨自一人在屋子裡，對著電腦螢幕哭泣。

租來的獨立套房，一個月要二萬塊錢，但家具、家電都佈置齊全，幾乎可以只拎個衣箱就入住。她還是運了一卡車的家當過來，包含四大箱鞋子。

房東準備的鞋櫃根本不夠用，她便將屋裡靠門旁的矮櫃都拿來當鞋櫃，放不下的，只好用紙盒收著堆放在更裡面的櫃子裡。她買的鞋子數量還不包括那些穿了一季就丟掉的。媽媽常罵她浪費錢，說一個人兩隻腳哪穿得了這麼多雙鞋，若將這些錢省下來，也是一筆可觀的存款。

她觀察過父母和姊姊的雙腳，都是一般尺寸，沒有誰過大或過小。

「究竟像誰呢？」當她第一次發現自己有雙大腳時，媽媽也跟她一起疑惑，還開她玩笑：「說不定妳是撿來的孩子喔！」

媽媽逗孩子的玩笑話，她認真地懷疑了好一陣子。她是家裡的「小小人」，媽媽過了四十歲才生下她，跟姊姊也差了七歲，不僅年齡最小，連身高體重都是最矮最瘦的。可是，她穿鞋的尺寸比媽媽、姊姊都大兩號，雖然不特別說也沒人注意，但她就是覺得哪裡怪怪的。

什麼地方出了問題呢？

除了那一次媽媽開她玩笑說她是撿來的以外，之後再也不理會她的大腳煩惱，認為那是青春期女孩都會有的彆扭。

在學校裡，她開始注意其他女孩的腳。這讓她要不老低著頭，要不就是視線都往下看。整個人的精神也顯得委靡，像個小媳婦似的畏縮。

「低頭看什麼？撿錢嗎？撿到記得要分我喔！」有時候看不下去了，我會繞道她身後故意掰正她的肩胛骨，讓她抬頭挺胸，順便揶揄她兩句。

她總會撥開我的手，抬起頭左右張望一陣，瞬間又回復原本的模樣。

「妳的腳真好看！」一日，她忽然直視我的眼睛幽幽地說。

「有嗎？」我們正併肩坐在走廊的矮櫃上，一雙腳懸在半空盪呀盪的。我伸出一隻腳來端詳了老半天，那不胖不瘦不長不短的腿，不是蘿蔔腿但也應該稱不上特別漂亮。我奇怪她怎麼會說好看，「我覺得還好呀！又不是那種身高一百七十幾公分的長腿妹。」

「不是腿長啦！」

「噢？那是什麼？」

「就是腳丫子那裡。妳的腳小小的很可愛。」

我的腳遺傳到我媽，算是小尺寸的，這我早就知道，但從來不認為這有什麼好看的。

她神祕的笑了笑，湊到我耳邊說：「女人的小腳很性感。想想看，可以用小腳挑逗男人……」

那時候，我還不識男人，而她說的話卻已足夠讓我胸口發熱。我還記得她在我耳邊說話時呼出的熱氣，那靠得很近很近的氣息，帶著又酸又甜的味道。

「妳好像色大叔喔！這樣講話。」我跳下矮櫃，用手指戳了戳她的臉頰，笑她怎麼一個好好的少女卻有大叔習性。

她說：「妳不懂。妳還是小鬼一個。」

我恐怕真的不懂。但是，我不懂的，大概是她。

她說她就這麼對著電腦螢幕哭了好一陣子，等回過神來，真覺得自己是神經病。「但是，」她說：「現代人在意的是胸部大小，我不過是在意我的腳的大小，應該也沒什麼好奇怪的。」

應該不奇怪。這時代本就沒有奇怪的事，什麼大事小事都漸漸趨於平淡，激情久了，早就習以為常，翻騰不出更大更新的花樣。可是，那小小的、暗花似的挑逗，在微光閃爍處，卻讓人心癢癢的。

她決定把腳包起來，而且包成弓形。這靈感來自於她不斷觀看從前女人的裹小腳，那裹成的小腳幾乎只用大腳趾和腳掌前端的一小部分著地，雖然拆開裹腳布後是那樣慘不忍睹，但一穿上小腳特製的連鞋跟處也墊高的繡花鞋，即使同為女人，她也不禁暫時拋開了對裹小腳這一行為的詬罵，純粹欣賞這極度扭曲後的美。

從此以後，她堅決不在人前赤足。她的雙腳緊緊縛在一雙又一雙的包頭高跟鞋裡。

痛，也忍著。

他把我抬了起來，用身體與身體最貼合的角度進入了我。我像個布娃娃般任憑他擺佈，放鬆全身的力氣然後又忍不住緊繃用力，彷彿想要抵抗什麼卻毫不自覺地迎向敵人。每次我都說不上這樣的感覺，好像疼痛，可又比疼痛更為複雜。他擒著我的腳踝，或是乾脆把它靠在他的肩上，有時候又是那樣緊抱著，讓我的身體用極為扭曲而奇妙的姿勢攤在他眼前，他說：「這是一朵盛開的花。」

什麼花會開成這樣？

那他不是成了採花賊？還是有特殊癖好的那種。

他啃咬我的腳踝。

用一種輕柔的方式，像在水流裡被魚群吸吮的搔癢。

那一年夏天，我們來到某個觀光風景區，裡面有一小池人工飼養的魚，我認不出是哪種魚，卻見許多人撩起了褲管坐在池邊，將光著的腳丫子伸進池子裡，讓魚群吸吮。他們說這些魚會吸掉腳上的「髒東西」。我試著照做。那些魚兒們一開一合的小嘴不斷挑弄著我的雙腳，癢癢的、酥酥的，加上池水的冰涼，瞬間從心底昇起滿滿快意。

他在旁邊看著。

我喊他。

他嫌要脫鞋脫襪麻煩，說在旁看魚來吮我的腳就夠有趣了。

我渾身發電。

一閃而過的念頭，我想到了她。

她說她從不讓男人架起她的腳，她喜歡在上位，跪坐姿，如此可將腳藏在身後，藏在男人視線不及之處。

我笑她太神經質了，既然都到了可以上床的程度，男人才不會在意她的腳是大是小。

「但是，我在意。」她說。

跟她扯這個話題一定沒完沒了，我聰明地閉上嘴，遞給她一支雪糕，讓她舔著、含著、咬著，但千萬別再抱怨她的腳。

她一口咬下裹著巧克力脆皮和杏仁粒的雪糕，俐落完美，不讓嘴角沾到杏仁碎屑或巧克力漬。我也拿了一支來吃。

倚在開放式廚房的吧台旁，家中無大人，這是我們二十一歲的夏日午後。我家在離學校大概走路五分鐘就到的地方，理所當然的在兩堂課的空堂，我家（嚴格來說是我爸的房子）就成了我們消磨時光的處所。大白天老爸跟老媽都在公司，固定時間打卡的上班族，要過了某個時刻才會回家。我們便如此肆無忌憚地安處於此。

我們——她常幫我在腳趾頭上塗指甲油。

我喜歡穿涼鞋，總覺得從涼鞋開口露出的腳趾頭要上點色彩才算完整。況且我向來懶得整修指甲，用銼刀將指甲磨成好看的形狀再磨亮，那是我學不會的女孩技術，從小到大我都用指甲剪喀嚓喀嚓了事。但是，畢竟也算愛美的人，怕光禿禿的腳趾頭露出來不好看，唯有靠五顏六色來裝飾與遮掩了。

她從不穿涼鞋，卻對我的腳趾頭要上什麼顏色很有興趣。

我從未買過指甲油，我的指甲油都是她送的。

洗好腳，我躺在床上，讓她抓著我的腳，一根一根腳趾頭都均勻塗上她新帶來的指甲油。

被她碰觸的地方，有些癢癢的很舒服，又一直想發笑。我在心底偷偷地笑著，她不知道。

她專注而仔細的幫我上色。平整的表面，顏色那樣服貼在腳趾頭尖端，宛如天生。她不讓我動，連翻身都不行。怕指甲油沒乾，會弄糊了不好看。好不容易她說可以了，我才起身仔細看我那被她細心著色的雙腳。

天空藍、櫻桃紅、珍珠白、淡粉紅、豔桃紅、華麗紫、翡翠綠……我的腳趾頭依她的喜好而繽紛。

我的腳有她的駐足。

我的腳趾頭是顆顆光耀的寶石，我踩著它們向人炫耀。

多奢侈的時光！

他用盡力氣抓住我的雙腳，瞬間，我們同時高潮。

他又輕輕放下了我。

她戀愛了。

一名賣鞋的男子，長得斯文秀氣，每次都記得她的尺寸，以及她買鞋的癖好。設於百貨公司的品牌鞋專櫃，起初她只是隨意逛逛。這牌子的鞋以舒適為主，和她平常穿的款式有些出入。可是，她卻在這裡發現一雙高跟踝靴。灰黑色的仿舊皮革，鞋側兩旁綴有古銅色的拉鍊，底部是自然木紋的鞋跟，除此之外沒有任何多餘的裝飾和花紋。她想像起舊世紀的華麗與驕傲。

無法移開視線呢！

她拿起來看了看，又放下，又拿起，又放下。標價八千多元還不要緊，但是這個尺寸她一定穿不進去。一般高跟鞋就算了，試鞋時讓腳後跟壓在鞋上露在外面勉強還可以，但是靴子就不能這麼穿了。若要試穿還得請店員拿合適的尺寸，多麻煩！

可是，這雙鞋彷彿有股魔力誘引著她，將她牢牢綑綁在旁。

「要不要試穿看看？」店員繞到她身邊，像隻蜻蜓般的垂直飛起與降落，平滑而輕盈，雖然挨近了身，卻不惹人厭。

「不……不用了。」忽然間她像是浮在水面的含苞睡蓮，濕潤的嬌羞沾滿了身。

想要——不要——

「沒關係呀！我們家的鞋要試穿才知道好不好看。」店員說得自然懇切，並且瞄了她的腳一眼，問：「妳穿幾號？我幫妳拿。」

「幾號喔？我不確定。」她撒了個謊，想轉身離開。

「沒關係。妳方便坐下來，鞋子借我看一下嗎？」

見店員已經單腳跪下準備看她的鞋，她不禁配合對方，乖順地坐在試鞋沙發上。店員溫柔地捧著她的腳，先看鞋底，沒發現尺寸標記，進一步要求她把鞋脫下來。

她應了。脫下鞋的瞬間，她刻意用力壓腳背，將足部彎成芭蕾伶娜的高弓形，連腳趾頭都直指地下。

「稍等一下，我進去拿。」店員在她脫下的鞋內側找到了尺寸，像發現海盜寶藏的小男孩，眼裡閃爍著光芒，臉上表情卻是壓抑著興奮的似笑非笑。

她心想一定是自己看錯了。哪個店員會有這樣棒的表情呢？尤其她的尺寸不好找，怎麼樣都要進倉庫翻箱倒櫃一陣，而且她還不見得會買……應該都會嫌麻煩吧！

「終究，我是個麻煩的女人！」這樣的念頭剛過，店員已將一雙新鞋拆好了一隻，放在她的腳邊，說：「試試看合不合？」

沒想到這店員的動作會如此迅速，正好斷了她最哀傷的念頭。

如果店員的動作再慢一點，她沒辦法保證當她想完了全部的壞念頭後，是否還會乖坐在這裡等待一雙可能找不到尺寸的大尺碼鞋。

反射性的，她循聲抬頭，正好見到店員胸前掛的名牌——舒華——好特別的姓！

從此以後，她記住了一個男人的名字。

如此，彷彿建立了某種關係，一次因緣總是牽動起另一次因緣。她只是來閒逛沒預定要買鞋的，卻不小心看到了一雙靴子，又恰巧遇見一位讓她難以招架的店員，而且又不討厭。

彷彿被推著往前走，鬼迷心竅，她完全忘記了抵抗。

他拿來的靴子出乎意外的合腳，不僅大小適中，連腳底的弧度也讓人覺得舒服，而且穿起來的樣子就跟她想像的一樣。

除了特賣款式，終年不打折的品牌，她懷著莫名的興奮心情從皮夾裡掏出信用卡，簽名後換回一雙不在預算內的鞋。

然而，不只一雙鞋那麼簡單。她著魔似的，三不五時就去這間專櫃閒逛。她這才看仔細了這牌子的鞋，其實還有不少高跟的淑女款式，只是淹沒於數量更多的休閒鞋中，若只是經過瞄一眼將很難發現。然而，逛久了，她也練就一眼就看出有無進高跟鞋新貨的好眼力。每當有新鞋，她一定會進去試穿。大概有一半的機率會買吧！況且，穿習慣了這家以舒適度為宣傳的鞋子，竟感覺之前路邊鞋店買來的鞋穿起來會磨腳了。她愈來愈依賴這間專櫃。

她愈來愈離不開這個店員。

舒華了解她喜歡的款式，記得她的尺寸。她不用開口，只要喜歡的鞋，舒華轉眼就找出她的尺碼等她試樣。甚至，連習慣出沒的時間似乎都掌握得一清二楚。每一次她來這裡，「剛好」都輪舒華當班。

天底下真有這麼碰巧的事嗎？就算景氣不好，這規模的專櫃應該不只一位店員，怎麼每一次都是他？

「你們家只有你一個顧店？」忘了是第幾次以後，她終於忍不住開口問。

「沒有。還有其他人，不然我不是累死了。」

舒華的聲音就男人來說有些發嗲，但也不致於讓人分不清性別或是聽了渾身起疙瘩，倒有點像是妖嬈的搖滾樂手。

「每次來都看到你。」也忘記了從什麼時候開始，她會有一搭沒一搭的跟舒華聊天。

「真的嗎？那真巧！」

「對呀！」

「所以我不在的時候，妳沒偷偷跑來？」

舒華這句話說得她臉紅了。舒華也突然噤聲。溢滿胸口的沉默像是有什麼在裡頭翻攪，熱鬧的百貨公司消失在他們的吐息中，他們對看著卻又避開了視線。

她脫下正在試穿的鞋，塞進他手裡，不發一語匆匆起身離去。

舒華在後面輕聲喚她。

世界因而整個靜止了。她只聽到她的名字，溫柔地自一個男人口中吐出。舒華不但記得她的尺寸，還知道她的名字，就像整個人都被他記下刻度了，逃不掉，可也心甘情願。

她轉過身，正迎向一個燦爛的笑。

「這就是我們的開始。」她說。

我們相約吃義大利麵，她用叉子卷著細扁麵一口一口地吃著，也一句一句說著他們兩人的事。我點的是用馬鈴薯做成的麵疙瘩，也照樣用叉子一個一個往嘴裡送，一面聽她說話。

「我一直以為他是同性戀。」我訕訕的說。

我也在舒華的專櫃逛過一兩次，他確實會讓人留下還不錯的印象，但該怎麼說呢？似乎在他美好的外表下，隱藏著過多的世故。但是，服務業做久了，大概都會變成這樣吧！總而言之，他不是我喜歡的樣子，甚至有些防懼。

「他才不是同性戀！」

高八度的聲音從她噘起的嘴唇迸出，看她為了個男人而激動，我有著莫名的快意，忍不住想一直逗她。

「妳怎麼知道？」

「我就是知道。」

「喔？不相信！」

「我跟他做過了。」

如同每一次她告訴我的戀情，也順便報告「做了沒」這種像是男孩子在一塊兒玩鬧才會拿來說嘴的事，那樣平順自然。

我不意外男人跟女人在一起會做什麼事情，不管有沒有愛，也不管做了一次或好幾次，但也不能證明什麼吧！

好大一盤馬鈴薯麵疙瘩，我吃不下了。我開始用叉子玩我盤裡的食物，「做過也不見得就能保證他不是同性戀。」

「不是啦！至少跟我不是。」

「說不定是雙性戀。」

「妳很煩耶！」桌子底下她用高跟鞋的鞋跟輕踢我的小腿，不太痛但我還是唉叫求饒。

但是，還沒！這還沒到她的底線！我想再往下試探。

「不然妳跟我說，你們都怎麼做？」

她邊笑邊罵：「發春天啦妳！」

我厚臉皮賴著，「這樣好幫妳判斷他的性向啊？」

她想了想，很篤定說：「他的性向沒問題啦！只是有一點怪怪的……」

「哪裡怪怪的？他是虐待狂喔？妳要小心啊！」
「也不是啦！」
「那是什麼？」
「他……他……他喜歡我的腳。」
她露出一臉困惑又害羞的表情，可又隱隱透露著欣喜。
要不是這是一家有著優雅閒適氣氛的義大利餐廳，我真想大喊大叫——終於，有個男人明明白白的表示喜歡她的腳，而且最棒的是他們還戀愛了！
如此一來，她應該不會再抱怨大腳了吧？
我趕緊表示贊許，「這樣很好呀！哪裡怪怪的？妳不要想太多。有些男人就是喜歡女人身體的某些特定部位。」
「我知道。可是……嗯……」她欲言又止，像在引誘我發問讓她好繼續往下說。
恰巧服務生來收我們的盤子。我們暫時沉默。等到服務生離開，隔著桌子對坐的我們隨即將身體往前傾，好能隨時聆聽與訴說，以及分享秘密。我接她的話問，她左顧右盼後，像是小學生偷偷跟老師打小報告一樣，說：「他要我用腳弄他。」

「什麼？怎麼弄？」聽她這樣說，我的小腹有股熱流竄升，微微的盪漾。掩不住好奇，我想聽更進一步的。

她不說了。低下頭，她的手指頭不安地搓揉著桌上的餐巾紙，我擔心她是否因此而感到不快。

她搖搖頭。

我還是不知道。

她說：「我也不知道。反正，就是這樣。」

「喔！」我隨便應了聲當做這個話題的結束。她不想說的，或是說不上來的，就不要說了。這是我們唯一的默契，而她也不會逼我任何事。與其關心她的性事，我比較關切其他的問題，「那麼，妳愛他嗎？他對妳好不好？你們在一起感覺好嗎？」

「ＯＫ吧！」

「只有ＯＫ？」

「我們才交往兩個月而已。現在下判斷太早了，如果後來覺得不好怎麼辦？還有啊！把話說得太滿就不靈了，好的就變不好了，會往壞的方向去。」她用吸管攪動餐後飲料的冰水果茶，然後啜了一口，漫不經心。

「但是，」她接著說：「我還是會介意我的腳，不喜歡光著腳丫子給別人看，就算是他，偶爾也會在意。」

「他不是要妳用腳……」

「唉呦，別再說這個了。」

她用力吸了口飲料，又吸了一大口。

從她體內彷彿傳出了咕嚕聲。

又酸又甜。

在她的小套房門口，被隨意脫在那裡的幾雙高跟鞋中，出現了一雙休閒男鞋。

過夜或是不過夜，都是舒華去找她，待在她的房子，做些戀人們會做的事情。舒華總是推托自己住的地方不好，還有其他分租的室友，不方便帶她過去。

「室友……男的？女的？」我心想這下可好了，這是什麼老套的情節，他們已經交往好一陣子而且也很親密了，舒華不帶她回去肯定有鬼。

「他說是男的，兩個都是男的，連他是三個臭男生住在一起，比較隨便、沒整理，所以不好意思帶我過去。」

「哇，兩個男的！妳確定他不是同性戀嗎？」我還是忍不住往奇怪的方向去想。

「總比兩個女的好吧？……啊，不對，好像也怪怪的。」

她被我弄糊塗了，露出困惑的表情，但隨之又當作沒事一樣，說：「唉，妳別一直看衰我，我才不要受妳影響咧。」

「況且，」她想了想說：「我也不打算嫁給他，或是要他幹嘛。」

我們的三十歲生日剛過，婚不婚早成為平日談話常見的主題。能夠不計結果而瀟灑談戀愛的時間已經愈來愈少，就算心理上還不到時候，可生理年齡總不讓人好過，每下愈況的體力和愈來愈容易乾燥的肌膚，在在逼迫著我們要正視青春一去不回的窘況。

然而，我們還想再拖一陣子。

她知道舒華不是結婚對象。比她小了兩歲不是太大的問題，但在她現實又功利的盤算裡，對方充其量只是個店員，而且家境一般，就算做到了店長，也還是予人差不多的社經地位，而她自己已經是美商公司的小主管了，月薪是他的兩倍，難不成到時候還要她來養他？她才不要。

她跟他在一起，很難說是為了什麼。

沒在一起前，兩人是買賣關係，靠著一雙又一雙的鞋來進行交易。他賺到了業績，她買下一時的愉悅。也許，還有其他什麼像是男人女人間本就容易產生的化學變化之類的，或者很單純的只是某種戀物癖。

他終於找到一雙心目中的「天足」，自由自在生長得不管尺寸究竟適不適合一名纖細女子的身體，硬是要長成全身最明顯凸出的一部分，儘管再怎麼隱藏也能輕易發現。她因為在意雙腳而扭捏的姿態，更是讓他心癢難耐。

她最在意的、最不喜歡的，反而花最多時間去對待。
我忽然明瞭了，他們有著相同的愛戀。比我對她的愛還要複雜與深切。
各自工作獨立以後，她不再幫我擦指甲油。只有偶爾心血來潮，會買指甲油送我當禮物。當我含笑收下時，她會露出如釋重負的表情。
她對我說：「妳的腳適合五彩繽紛的，好可愛。」
「妳也很可愛。」我真心的這麼認為。
她連忙否認。
就算有男人喜歡她的腳，或是因為她的「大腳」而戀上她，她依然將雙足密不透風的包在高跟鞋裡。日復一日，走在哪裡都發出喀啦喀啦的聲響，像隻脖子上繫了大鈴鐺的貓。明明那樣顯眼，本人卻毫無知覺。
她消失了。好一陣子沒跟我聯絡，我也沒去找她。
這是正常狀況。每一次她有了男人，都是這個樣子。直到她跟男人分手了，才會毫無預警地出現在我眼前。我們從未對此感到誰虧欠誰，或有什麼羈絆與不安。「沒事就是好事」這樣的說法特別適合我們。

只要去舒華的賣鞋專櫃，大概可以跟他問出她的狀況，但我刻意避開那裡，甚至連那家百貨公司也決不進入。

我們三人相約吃過一次飯，算是她正式介紹我跟舒華認識。

「沒必要刻意介紹吧！」相約前，我在電話裡不免抱怨她的多此一舉，而且有些嫌麻煩。

她用盡了各種理由說服我出門見面，最後，她說要開車來載我，才終止了我的懶散。她喜歡開車到處跑，開車技術算是殺手等級，而且無照駕駛了好幾年連一張罰單也沒拿過。

我常提醒她去考張駕照，她總說沒差，反正也不會肇事。

我喜歡看她開車時的樣子。對於交通的不耐煩而隨口開罵的髒話，以及駕馭一輛車的統領之姿，彷彿她掌控的不是一輛車而是一匹驍勇的戰馬或飛天恐龍。

她是光著腳丫子的女戰士。

唯有在駕駛座上，她習慣脫下鞋，赤足踩油門或剎車。她的車內踏墊永遠保持得乾乾淨淨，每隔幾天就讓人清洗一次，好讓她打著的光腳也能保持乾淨。我大概能體會她打赤腳開車的感覺和心情。從小到大我彈鋼琴，也總喜歡光著腳踩踏板，若穿上了鞋老覺得哪裡怪怪的，沒辦法那樣自由自在的控制一切。

我和她都透過腳掌的溫度、觸覺、運動功能，各自達成目的，相似又相異的摒棄任何媒介。

我們的敏感度會一樣嗎？

她說不是這個樣子的。

那麼，究竟怎麼了？

她說不上來，我也刻意忽略她斷斷續續傳來的訊息。她說：「我總是欲求不滿，但跟性無關。我一直想要什麼，但又不知道真正想要什麼。完成了一個想望以後，卻得不到滿足。我最想要的，或許是一個懂我的人，或是能夠坦然面對自己。……但是，好恐怖！」

誰能得到真正的滿足呢？誰又會完全了解另外一個人呢？甚至，最難理解的大概就是自己。擁有的與失去的，妒羨與自滿，難解的慾望重複又重複在我們的輪迴。

什麼時候開始，我們變成了這樣的人們？或許，生來就是這樣了。

我不禁想拿她多年來的煩惱消遣她，「妳想要的只是一雙天生的小腳啦！」

本以為在開她玩笑，沒想到她卻認真的回應：「也許喔！」

那麼，我該如何是好？

他極有耐心地陪我四處買鞋，順便充作搬運工，將我大大小小的購物袋都拎回家。大概以年來計算，我們逛呀逛的逛久了，他變得也喜歡買鞋。

他的腳一年四季都包在襪子裡，然後才穿鞋，而冬天更是對足部保暖不遺餘力。大概少了直接跟地面、鞋子的摩擦，也少了風吹日曬雨淋，加上他又注重清潔，他的腳竟比任何一位我看過的女生的腳來得細緻柔嫩，宛如嬰孩的腳，還有圓圓的腳趾頭。頓時，我像歌謠中的虎姑婆，想要咬他的腳趾頭。

往往未果，他已把我壓在身下。

我的雙腳纏住他的背，明明是兩個單獨的個體又好像變成了同一個人、同一副分不出誰是誰的軀體。

我問：「你喜歡我嗎？」

「喜歡。」

「你喜歡我什麼？」

「都喜歡。」

「你喜歡我的腳嗎？」

「喜歡。」

「那麼，我可以用腳碰你的臉嗎？」瞬間湧上了慾望，想到她說過關於腳跟男人之間的挑逗和歡愉，從腳掌產生了不安感，想要碰觸或者撫摸什麼，好確認彼此的關係。

他想了兩秒鐘，先是錯愕，後又微笑，露出聖者受難的表情，安詳地說：「可以啊！但是要先洗乾淨。」

懷抱著可能被拒絕的期待，沒想到他會答應。不，或者該說，我的慾望知道他會答應，但理智上卻拒絕相信。

彷彿吃下了定心丸，聽他這樣說，就跟真的用腳觸碰到他的臉一樣了，當下我已心滿意足，就不曾真正實行。我們跟往常一樣做愛，沒什麼新奇的，除了四通未接來電。

我們沒有人願意停下來接電話，等到激情過去，又小睡了片刻，醒來看手機，那四通未接來電已是兩個多小時前的紀錄。

四通電話、兩個語音信箱訊息，都是她的號碼。

我從最後一則語音信箱留言往回聽。

陌生而冷靜的中年男人聲音，不疾不徐地報上自己的身分和他用她的手機打這一通電話的理由，只因我是她的手機裡最後一位的通話號碼。我得深吸一口氣摒住呼吸，才能完整地聽他說完事件始末。然後機械式的依他的留言，回撥某間派出所和醫院的號碼，確認一切資訊。

「怎麼了？妳的臉色好差。」他穿好衣服，喝了水，繞到我的身邊伸出手攬著我，害怕我隨時暈倒的樣子。

「走吧！」我推開他，用最快的速度回房換上外出衣。

我的身體在搖晃，世界跟著震盪，但我得努力保持行動的自主能力。

也許我該哭泣得癱軟在地，但我還有唯一而又堅強的信念——我要去見她！

他聽了我簡單的說明，眉頭一皺，默默載我去電話裡那位中年男子說的醫院。

為什麼現代人大多都在醫院裡誕生和死亡呢？醫院像一個甬道，從這一頭來又從另外一頭離去，而中間掙扎的是多數人的希望。

我對自己出生的瞬間沒什麼印象，等到死亡時大概也無法記憶，就算最後是有知覺的大概也無法對人訴說。然而，我卻記得送大嫂去醫院待產以及小姪女誕生時的情景，腦海中也有空位放著外祖父彌留時醫護人員圍著他急救的病床——都是他人的生與死，永遠不記得自己的。

醫院裡的低溫空調中瀰漫著各種藥味，可是我覺得好熱，而且心悸得嚴重。她在這個城市裡沒有親人，南部的爸媽還在趕來的途中，我得第一個面對她的死亡。沒有其他肇事者的車禍，她的車以時速一百二十公里撞上分隔島，就那麼碰了一下，她幾乎沒什麼外傷，內部卻支離破碎，救不回了。

她在趕什麼呢？

揭開遮臉的布巾，雖然姓名身分已經核對過了，我還是想親眼確認躺在這兒的人是否真是她。很多事物，就是要親眼見到了，才甘願相信。但是，往往轉過身去，又想遺忘。

一隻手緊牽著陪我來的他，另一隻手無意識地揭開遮蓋她的布巾又緩緩將之拉上。

我想，躺在停屍台上的人，應該就是她。

應該吧！——我「不想」確定。

這張慘白的臉有著跟她一樣的五官輪廓，微張的嘴像要說些什麼，可卻不是她平常說話時的樣子。閉著雙眼的她躺在那裡卻不像睡著了，那不是我曾見過的她的睡態。

彷彿少了什麼。

凝視好一陣子，我竟不能判斷眼前究竟是誰的屍體。

陷入極度的暈眩中。視線模糊著。

「不能哭。」他在旁掩面，不忘告訴我一些關於死生的規則與習俗。

我根本哭不出來。

視線在原地繞圈，圍繞著被單下她那身體的凹凹凸凸輪廓線，卻是少了活人呼吸的起伏，比一座山還要靜止不動。

我凝望著，卻不知道自己在看什麼。

她的雙腳露出來了。

微翹的兩隻腳掌，與穿高跟鞋的腳反方向伸展，卻是僵直了不動，透著又白又灰又紫的顏色，以及依然殘留可見的人類肌膚的色澤。我把被單往下拉，替她蓋住雙足。雖然再也無需煩惱該如何把大腳在視覺上縮小得秀氣美麗，但我想，她應該還是不想被人看到這一雙讓她又寶貝又困惑的腳。她對它們付出了這麼多，最後總不能功虧一簣，任憑別人恣意窺視。

那就讓我代勞吧！

小心翼翼拿被單遮蓋她的雙腳，我喃喃對她說：「很漂亮的！真的！……

這一生妳為它們煩惱了這麼多，也許，下輩子妳就沒有煩惱了。」

離開停屍間，我和他靜坐於醫院長椅上，等著她的爸媽到來。我一滴眼淚也沒掉下。腦海中忙著盤算是否要去張羅香燭、紙錢來燒給她，但又不知道她爸媽要怎麼處理這些儀式。我只是她認識了十幾年的同學，不是親屬，什麼都不能做。

什麼也不是啊！

低頭，我的腳趾頭上塗的是她最近送我的指甲油，昨天才剛塗上，顏色還飽滿亮麗沒有剝落。宛如晨光的淡金，她說是這一季的限定款，過季後就買不到了。

以後，我大概再也不會用這一瓶指甲油，大概會一直收在抽屜裡，直到都結成塊了，或是遺忘在哪個角落，就算偶爾想起還是懶得去思考該如何處置它。可能就這麼放著直到地老天荒。

那麼，其他許許多多她送給我的指甲油呢？

我以後要自己去買指甲油了嗎？

不知為何，我一直想著怎麼樣都不適合醫院和太平間的，那些關於指甲油的問題。我陷入五顏六色的漩渦中，我的雙腳不自然地踮著，少了條裹腳布緊縛纏繞，彷彿哪裡都可染上最新一季的流行色彩。變動的、自主的，都是她買給我的顏色。我一一展示。

我們的一來一往，如今就要斷了。

他忽然用困惑的眼神問我，「要不要通知她的男朋友？」

她的男朋友？是指舒華嗎？我有他的電話，那是她之前硬要我存在手機裡的，她說：「以防不測。」

「什麼不測？」我實在懶得存。

「天曉得。」她也說不出所以然，就是央我記著舒華的電話。

「也許，哪一天妳要找我，可是又找不到的時候，可以多個人詢問。」等我存好了電話號碼，她想到什麼似的說著。

我才不要去一個男人那裡找她呢！

現在可好，我要打電話給這個男人，告訴他，「她不在了。」

拿出手機，裡面還有三通顯示她電話號碼的未接來電，以及一通語音留言。

她最後的話語，我顫抖著按下按鍵，「他說要跟我分手，為什麼呢？為什麼呢？我不知道該怎麼辦了。我沒想到我是這樣愛他！可是，他不愛我了……我想去找他……還是先去找妳？妳在哪裡？」

突如其來的留言，衝擊我的不是他們分手這件事，而是她用那慌亂卻又斬釘截鐵的聲音說她愛他。

為什麼要刻意強調她愛他？為什麼是在她跟我說的最後一句話裡？幾個小時前的聲音，現在卻響在耳邊。

但是，她說要來找我呀！

此時此刻，她又在哪裡？

「怎麼了？還好嗎？」他滿是擔心地問我。對於她的一走了之，他似乎不知道該怎麼安慰我，因為我不哭也不鬧，只是沉默。

愈來愈擴大的沉默。他只能在旁陪著沉默，如此便足夠了。

我不需要更多的聲音，我想靜靜地想她。

我拒絕撥打出任何一通電話，並且刪除了語音留言。

刪除了許多訊息，像是那一天我刪除了她儲存於電腦裡的關於小腳的審美標準——瘦、小、尖、彎、香、軟、正。

豈止心疼！

纏縛著女人小腳的裹屍布，裡面是一個個會喊疼的靈魂，比一朵花落還要殘破。

我永遠記得，她是光著一雙腳死去的。純淨、勻嫩、被細心呵護的雙腳，宛如初生。

結束或開始、二

連地址都遺失，只能憑藉根本不可靠的十五年前的記憶摸索前進。

越過一波又一波湧來的觀光人潮，在本地人眼中我大概也是其中一名在夏日季節來此徘徊的遊人，可是在自己心裡面總覺得和這些只逗留幾天的人們不一樣。在這古老的城市裡，有我整整一個月的青春歲月，有些影子，有些步伐，還有幾個掉落的瞬間。我用這些日子拼貼成一幅金箔畫，等到下一個文藝復興到來的時刻，四處向人炫耀。

小賴說不可能有這一天，若是真有這麼一天，他想必已經死了。

我不明白小賴的話，也常對他的悲觀感到莫名憤怒，我說：「你何必這樣看世界？你不是學藝術的嗎？學藝術的人，不是都在尋求美的境界？」

「美又不一定快樂。」

「但是，也不像你這麼陰暗。」

我數落他的時候，他總是會笑，而且是那種有點耍帥的微笑，彷彿隨時準備好了要去搭訕街角咖啡座的長髮女生。不管我怎麼挑他的毛病，他從不跟我生氣。想來他的脾氣應該還不壞，只是他有太多不得實現的願望和理想，以致對這個世界的恨多於愛。

那時候，我才二十一歲，是個備受寵愛的女孩，愛與恨都不識得太多，我只是自轉著也順便繞著這世界公轉。關於實現夢想與成就，一切都還是未知數，一切都還有可能。

小賴比我大七歲，可是他卻過於滄桑與感傷。我完全不知道他的過去，也沒想要問，畢竟這是他的人生，若他想說他會自己說的。

然而，我好依賴小賴。

說實話，一個人被丟在陌生的地方說不害怕是騙人的。有了小賴的陪伴後，恐懼感才逐漸消失，我在佛羅倫斯的生活也更為愜意和自在。

「就當陪公主出遊吧！」某日，我又蹦蹦跳跳去樓下找小賴出遊時，他剛好畫得正起勁，卻被我按得震天響的門鈴聲打斷。他開門讓我進來等一會兒，等他收拾好東西換一件乾淨的衣裳再出門。隔著一個房間，從門縫裡我見到他對著鏡子刮鬍子時喃喃自語著。

「什麼？」我大喊問他在說什麼。

「沒什麼！」他刮完鬍子用水撥臉，也大聲地回我的話。

「哪有？你不是說什麼陪公主出遊？」

「既然聽到了還問？」

小賴走出來，鬍子刮乾淨，臉也洗了，還換了套衣服，整個人清爽許多。

我賴皮的說：「確定有沒有聽錯。」

「……」小賴把鑰匙往口袋裡塞，不搭理我，只用眼神示意可以出門了。

我跟在他身後，還是纏著問：「你說我是公主喔？」

「隨便說說。」

「那你就是親衛隊長了。」

「……隨便妳說囉！」

「還是你要當王子？」我促狹著問他，他卻一臉正經站在大門口的石階上問我：「別鬧了。妳想去哪裡？」

我立即說出昨天三更半夜突然想起要去的地方，「聖母百花大教堂。」

「不是去看過了？」

「我想去裡面看。」
「妳是教徒嗎？」
「不是。」
「那去做什麼？」
「就是想進去看，不然都沒進去過。」
我們在門外討論了一會兒，小賴想了想，說：「也好，但妳這一身衣服不行，要回去換有袖的，而且裙子或褲子要過膝長度。」
「為什麼？」
「誰知道為什麼，不是我規定的。教堂規定的。」
我還以為這一身精心打扮的小洋裝像個淑女般的適合去教堂，沒想到卻是不合格。我左看右看，想著是否有可通融的辦法。小賴像是看穿了我的心思說：「別磨蹭了，要去教堂就趕快先回去換衣服。進教堂裡面還要在門口排隊好一陣子。」
「好，你等我喔！」我擔心他會不會臨時變掛覺得我煩了，就說不去，要先確定了他會等著才安心。

「我在大門口等妳。換好了妳就直接出來。」小賴爽快地擺了擺手，趕羊似的把我趕回樓上。

等我換好有袖上衣和長褲走出來時，剛好見到小賴捻熄了一根菸。我平時不喜歡菸味，小賴雖然抽菸但在我面前從不抽菸，這一點讓我覺得很舒服。他有著自己的體貼方式。

我們並肩走著，早上十點的陽光已經刺眼，觀光客漸次多了起來，直至午後達到最高峰。我們排在聖母百花教堂門口的隊伍還未太長，大約等了半個小時就得以進入。教堂裡面跟它的外觀比起來顯得略小，但依然雅緻迷人，散發某種陰柔的風韻，以及神聖卻又讓人安心的味道。

小賴引我看教堂壁上的彩色玻璃窗，以及主祭壇天花板上的壁畫。我心不在焉地聽他講解，一面四處張望，連他不刻意介紹的地方都一併收攏在視線裡。

有人在近門處的燭台點上了一盞燭光，又是另一人擺上了另一盞。綻放如花的燭台，上面隨各人意思在不同位置擺上了一盞盞蠟燭。小小的、搖曳的火光燃燒著人們的祈禱、願望、冀求、救贖等等想向神傳達的心情，或是，單純的從這奉獻銅板點燃燭光的動作裡只求片刻安慰。

我繞去那裡想瞧出每盞燭光裡的祕密，小賴跟過來，拍了拍我的肩，說：「走吧！人變多了。」

步出教堂，我問小賴：「你信教嗎？」

他搖頭。

我又問：「你信神嗎？」

他說：「這裡到處都是神，有希臘神、羅馬神、天主教神，都那樣赤裸裸地攤在大眾面前供人參觀，你要我信哪一個？」

猶沾著教堂的聖潔，我不想跟他辯說。

兩隻鴿子從頭頂急馳而過，我縮著頭抬手遮掩，說：「我信喔！」

小賴瞬間回頭望我，在我們視線交會處又是一隻鴿子飛過。

這裡的鴿子始終這樣來去自如，宛如天使。

石板路容易讓人腳疼。過了某個年紀後，肌耐力和體力都逐漸下降，才沒幾步路，腳底開始發疼小腿也顯得緊繃。我隨意找了街旁高起的水泥臺坐著，抬起兩隻腳向前伸直或任它們懸空晃呀晃。反正，來來往往的人們都有各自的髮色和膚色，誰也不認得我，我也不認得誰，甚至連同類都還差那麼一點點，就不擔心他人怎麼看我了。

人說義大利人最會保存老東西，擁有遍地的古蹟和數不清的古城，可惜我沒學得義大利人這樣的能力，即使在這時間凍結的古城裡，我依然找不到之前的記憶。走著走著，一下子就走岔了路。看地圖也沒用，我完全不記得地址和相對方位，只能憑著零碎的記憶畫面沿途亂認。

四處瞧著，突然驚喜地發現這一帶有些熟悉。也許，我記憶裡的那棟樓就在不遠處。打起精神繼續往下走，再拐個彎，經過一個水果攤——我記得這個水果攤，還有賣水果兼陪聊天的大嬸。

我踱步過去繞看，那位大嬸變老了，正忙著跟來買水果的看起來跟她差不多年紀的義大利老太太聊天。我不想打擾他們，稍微靠近些又慢慢退開。

水果大嬸忙著說話，卻也往我這裡瞄了一眼，然後停止說話，又看了一眼。她大概跟那位老太太說了我什麼，連老太太也往我這兒看，我只好微笑以對。大嬸跟我揮揮手，我也以相同姿態回應，然後尷尬地用手指某個方向示意我正要往某個地方去。他們仍舊笑著看我。

大嬸是否記得曾經有位東方女孩，幾乎每日都從她的水果攤路過，可是只買過一次水果？

有些不好意思呢！我的臉頰發燙，快步往記憶裡的方向而去。

一晃，似乎找到曾經的那棟樓。大門依然，只是緊閉得像睡著了。

來到這裡，我反而躑躅。自從母親十年前過世後，我也失去柯琳姨的聯絡方式。小賴則是在更早前，當我寄給他的聖誕卡片得不到回音時，就斷了音訊。這麼久了，別說小賴在不在這裡，連柯琳姨是否還居住此處都是未知。

我在門口走過來走過去，偶爾像隻貓般的輕手輕腳窺探這道大門和門鈴，背後忽然傳來一連串義大利文大聲嚷著。

我回頭，對面藝廊的老闆正探出頭來對我說話，可是他那霹靂啪啦的義大利文我實在聽不懂。我搖了搖頭，他又冒出更長的一串話。我依然楞在那裡，一臉茫然。

終於，我聽到他用那憋腳的英文問我在做什麼？需要幫忙嗎？

印象中，從前沒這間販售手工製小玩意和小型畫作的藝廊，記得這裡以前是間在整修的房子，套句小賴的話說：「義大利人什麼都慢慢來，連修房子，也好像永遠修不好。」

我越過道路，走向老闆那裡，心想先去問他打聽一下狀況也好。當我一步步靠近時，我發現他的眼神是那樣專注地瞧我，而且愈來愈仔細，彷彿把我整個人解剖至最深處。這樣的眼神不見惡意，反而有股意味深長的況味。

雖然不見惡意，但義大利的治安不好也是事實，見他這樣看我，我也不敢貿然就踏進他的店裡，只敢站在離門口一步遠的地方跟他說話。

「我要找這棟樓裡的柯琳。你知道她還住在這裡嗎？我已經十五年沒來找她了，我是她朋友的女兒。」我指著原先徘徊的大樓問他。

不抱期待中的一絲絲期望與試探，讓人緊張的瞬間，他說出了我想知道的答案——他知道柯琳。

再進一步詢問，透過好幾十句零碎的一來一往對話和一陣比手畫腳後，我終於從老闆那裡拼湊出柯琳姨去年把房子賣給了現在的住戶，和丈夫兩人搬去米蘭，想當然她樓下的那些房客皆各自鳥獸散。

那麼，小賴呢？（我要再試一下嗎？）

「你認識賴嗎？」我不禁脫口而問。

老闆像被電到了一樣，頭點個不停，還反問我：「妳認識賴？」

我告訴他，我之前曾在柯琳家住過一個月，所以認識小賴和當時的其他房客，至於我跟小賴的交情怎樣就省略不說了。

老闆一直示意要我進店裡，他說有東西要給我看。

我在收銀台等他去內間的房裡找東西。摸索了一陣後，他拿出一收畫的畫筒，裡面收著一幅對開大小的畫。

老闆一面把畫攤開，一面斜眼看我，說：「這是不是妳？」

一名女子站成了大衛像的姿態隨著老闆捲畫的手逐漸攤開在我眼前，她那維納斯般的裸體後面炫耀著紅與金的迷亂。她雖然以大衛之姿站立，可那眼神卻是不折不扣的維納斯，而在她腳下踏的是凌亂的床單。

一時之間，整個情緒都湧上了眼眶，眼淚就這麼被擠出來了。

我忍著不哭，半晌說不出話來。

「是妳吧……」老闆嘀咕著。

我沒回老闆的話，很認真地檢視這幅畫。左下角有小賴的簽名，他把中文名和英文名都簽在上面，日期是十五年前的那一天。

那一天，我們去烏菲茲美術館出來後，說到美術館裡的維納斯，我說也想被人這麼畫一幅畫。他糗我，說：「怎麼？妳想站在貝殼裡？」

我想的跟小賴想的不一樣，「不是那一幅。」

「啊？不然是哪一幅？」他顯得驚訝，可又饒有興致。

我記不得畫名，指能描述特徵，說：「躺在床上，下面有白色床單和紅色床墊，後面還有小女孩跪著的那個。」

「提香的〈烏爾比諾的維納斯〉。」他馬上說出這幅畫。他說出的這個名字我有印象，連忙點頭，「對，我喜歡那種感覺和色調。」

「提香紅和提香金……」小賴喃喃地說：「妳應該去威尼斯。妳會喜歡那裡的。」

他自顧自的說話，我自顧自的不理他。不是每一句話我都想回，也不是每一時刻我們都能分享彼此。

之後，我們如常笑鬧，吃了簡單的午餐，回到住處，他似乎有話想說。我問他怎麼了，他又悶了幾分鐘才說：「我可以幫妳畫。」

「畫什麼？」小賴突如其來的話讓我莫名其妙。

「維納斯。」

原來，他還記得我早上說的事情，感覺真不錯！但是，我不敢。

維納斯不是要脫光了嗎？這可不行！

我說不要，沒穿衣服的話，我會不好意思，但是隨後又想出妥協的方法，「不然這樣，我穿著衣服擺姿勢，然後你就用我的身體輪廓自己畫裸體。」

「這樣就不是妳了。」

「沒關係。你就用想像的，想像我是什麼模樣。」
「可以想像妳的裸體，卻不許直接看？」
「對。」在想像跟直接觀看中間好像有什麼怪怪的，但是一方面想要有一幅自己的畫，一方面又不想當小賴的人體模特兒，我只能在這裡點頭。
最終，我穿了件緊身的上衣和熱褲，在小賴的畫室擺起姿勢。我努力擺成畫中維納斯的樣子，可是怎麼樣都覺得彆扭而全身僵硬不自然。畢竟我不是當模特兒的料，也從未擺出過什麼引誘男人的姿勢，我還是放棄好了。
小賴鼓勵我再試試看。「不然，」他說：「就擺妳最喜歡、最舒服的姿勢吧！」
雖然小賴這麼說，我還是四肢僵硬。就像面對鏡頭一樣，我永遠是站得直挺挺的微笑，沒有時下女孩兒的花招。
我們折騰了好一陣子，小賴突然眼睛一亮，促狹著笑說：「不如妳用大衛像的姿勢站著，這樣總行了。妳不是常盯著他瞧，妳那麼喜歡他，擺出來的姿勢一定有感覺的。」

心想小賴分明在耍我，但也依他所言試著用大衛之姿站立，結果一下子就到位了。他樂得刷刷幾筆就是一張張的素描，他說先素描下來，之後有空再慢慢畫。

於是，我化身成大衛（或是維納斯？）的各個不同角度，都被小賴畫盡了。他說：「等我有空的時候，再把它完成送妳。」

我不相信他趕得及畫完，也對這大衛跟維納斯分不清的畫不抱任何期待，不過就是好玩罷了。可是，我依然要激他一下，「呵，你什麼時候有空？下星期我要回臺灣了。」

小賴沒給我確定的時間答覆，只說：「反正，這畫是妳的。」

小賴說得像是海誓山盟，我卻笑著不以為意。

就那麼不以為意了好久、好久。

最近才突然想起，也許我可以擁有一幅畫，或是一個禮物，或是其他……。

我知道小賴不會食言的。

輕撫小賴的簽名，我跟老闆說：「是的。這是我。」

老闆宛如中了樂透頭彩直呼老天，說他看我第一眼就覺得好像在哪裡看過我，後來提到小賴終於讓他連想起來了。

我不知道該如何應付興奮的義大利大叔，見老闆這樣開心，反倒讓我尷尬，只能陪笑。

老闆開始一長串的講古，敘說這畫怎會到他的手裡。我其實也聽不太懂，撿了關鍵字來加以拼湊，最後的結論是：小賴大概在我離開佛羅倫斯後的那個冬天不小心感染肺炎而亡，留下一些畫，家人沒帶回去，柯琳就一直保存著，直到柯琳要搬家了，帶不走太多東西，才委託這間店的老闆收畫。

我始終微笑著聆聽老闆的話。如果，此時我不保持微笑，大概會因為過度興奮與傷心並存而進入某種瘋狂狀態。把連自己都弄不清的各種複雜情緒轉化為微笑，對他人來說容易相處得多。

微笑久了，我也真的在心中昇起平安喜樂之感。不癡狂的、淡淡的、如春風柳絮般的心情，像是我們一同去過的聖母百花大教堂，外面是整片豔陽的天空曬得人煩躁，教堂裡卻是和煦的彩色玻璃的光芒在小賴頭頂上微微閃爍。

我問老闆這畫怎麼賣，他二話不說就把它裝好了送我。老闆說：「這是妳的畫，送妳，不收錢。」

我收下畫並跟他道謝，順便買了一個掛在牆上的木製壁飾當作謝謝他。他叮囑我不要因為小賴的死而難過，我告訴他：「我沒那麼難過，只是有些哀傷。但是一切都會好的。」

「一切都會好的。」老闆送我出門並且柔聲安慰我，又不失義大利男人眼中「女性人人都是美女」說上這麼一句：「再見，美女！」

我記得小賴說：「在這裡東方女性很吃香，很受義大利男人歡迎。」

我不相信，問他：「我怎麼都沒遇到？」

小賴覷了我一眼，笑說：「妳呀，等妳過十年再來吧！妳現在還是小孩子，沒有女人味。」

那麼，現在呢？

我把小賴的畫揣在懷裡走著，腳跟踏在石板地的力氣又傳回全身而震動，彷若一名裸身的清秀女子在我懷中跳動。

這是我，也不是我。

我以為我忘了，可是小賴什麼也沒忘。

撫慰

大腿內側根部就是極限了。

之後，她的手十分靈巧的轉了個彎，繞向臀部外側，再施加些力道於腰際，順著人體自然的凹凸曲線，完成一趟旅程。

從腳踝處開始，微熱的接觸點，我任憑她的雙手在我的身體撫摸遊走，比情人愛撫的力道再重一點，可離凌虐還有些距離，那樣細小的疼痛，是忍住聲的、說不出的快感。

每隔一陣子，避開生理期，我會來這裡脫光了或躺或趴的在床上，只讓她一人擺弄我的身體。

彷彿上癮了。

我從不拒絕誘惑，而且容易被大眾媒體洗腦。

當愈來愈多透露著「要對自己好一點」或是「女人，多愛自己一點」這些訊息時，我全身上下就騷動了。

「有何不可呢？」我想。

這樣的訊息雖然很多是商人的操作，或是坊間兩性作家最愛的題材，但單就結果而論似乎也不差。然而，我還是躑躅，不敢推開那一道門。誰知道這道門後，會有什麼呢？而且，有些怕羞。怕的不是要赤身露體這樣的事，而是如果對方一下子就發現我是初次上這裡來，反而讓我覺得不好意思，好像頓時失去了生活於都會中的女性該有的流行姿態。

反而，一位年輕的女孩，引領我進入了這樣的世界。她才二十六歲，對於我這三十好幾的女人來說，這年紀是讓人妒羨的。她卻覺得老了，而且需要維護這一點一滴凋零的青春。女孩說從現在開始就要注重保養，才能留下最好的狀態。我想到了吸血鬼，傳說中他們永遠活在「變成」吸血鬼的那一刻，不管老少美醜，就停在某個轉瞬的時間中。可是，傳說不也說那是種凡人無法體驗的哀愁嗎？

如果，時間凍結於最鮮豔的模樣，我們也無從分辨那樣的鮮明亮麗。流光似水，我們載沉載浮，卻總是抗拒向前。

我還是跟著女孩進去了，而且假裝不是第一次。

位於二樓的美容護膚沙龍，樓下招牌掛得花枝招展，可門面卻不怎麼氣派。

穿過狹窄的樓梯，是一扇霧黑的玻璃門。女孩搭上水晶門把，推開了門，響了串風鈴聲。我尾隨而入。

調暗的燈光以及融合了幾種花草味的薰香，不斷傳達出「要放鬆」的訊息，卻讓我緊張起來。

一名女子見我們推門而入，迅速從櫃檯後轉來迎接，領我們到櫃檯旁的沙發坐下。帶我來的女孩表明來意後，這名女子從沙發前的矮几底下拿出一大本資料夾，裡頭都是所謂的「課程」介紹。她一頁一頁翻著，講解給我們聽。其實，我沒什麼心思聽她說這些聽起來都差不多的課程之異同，反倒常用眼角餘光偷偷打量這家店。

它有著狹長的空間，有點像旅館，一條長長的通道旁是一間間房，但因為光線不足，無法估算究竟有幾間房以及面積大小，但我想應該也不會太大，因它看起來實在不怎麼豪華氣派，只是靜謐得如睡著了的女人那隨意散落枕上的烏黑長髮。

在我回過神的時候，才發現他們已經無話可說。一個講解完畢，一個得到了想要的資訊，只有我仍舊停留於過去幾分鐘前的狀態中。

然後呢？我想，聽人家介紹完後，是不是要表示些什麼？

女孩拉著我起身離去。表面上客套地說要回去考慮一下再來，但我感覺到女孩不會再來了。我無所謂，但仍弄不明白。

離開這間沙龍，走到樓下，女孩才說：「這家不好。」

「為什麼？」

「我剛才問了，這間店好像因為才剛開幕，目前只有她一位美容師。一位美容師要做這麼多客人，一定覺得很累，這樣對我們也不好。如果美容師的氣不好，對我們會有影響。」

我默默聽女孩分析，她嫌棄的不是那過於狹小的室內空間或是不滿意美體課程，而是擔心美容師的負面能量影響到自己。這「信者恆信」的氣呀能量呀什麼的，沒想到我眼前這位年輕的女孩竟會這麼在意。

她略微惋惜地說：「唉，看來還要再多找一下了。要找到適合的還真不容易。」

從頭到尾我只能敷衍她的話，因我對這一切是那樣的陌生。

我們相處了好長一段時光，常常一塊兒跟大夥人出去玩或是只有我倆的約會，比酒肉朋友還要來得私密但又離親密關係的距離好遠，只是彼此的伴。

過了那樣的時光，之後，女孩離開了我。或者說，我們自然而然因為工作、性格、愛情種種緣由而愈走愈遠，終至說再見的那一天到來。

我們吃了一頓飯當做餞別。

平常的江浙小館子，油豆腐細粉卻是一絕。我們都愛這裡的油豆腐細粉，常常兩個人約了來這裡解饞。當下，我覺得這一餐以後，我大概再也不會光顧這家店了，一是因為這區域將不再是我尋常的活動範圍，另一是想要記憶什麼或是放下什麼。

記得與捨得，都需要能量，會消耗力氣或是累積不必要的東西。接受、吸收、代謝、排除，我們逐漸成長也逐漸衰敗。

於是，我義無反顧地推開年輕女孩曾引領我開啟一次的那道門。

那是在年輕女孩離去後的隔週。

我找到了另一個她。

她也許是她，也許不是她。

有時候是她，有時候又不是她。

我喜歡常常搞不清楚誰是誰的狀況。固定一人對我來說太可怕了，似乎我得跟這個特定的對象產生特定的關係，然後漸漸的，她將進入我的生活，成為一個特定的名字，就算想遺忘也要花力氣，而這將在我的心理上造成無與倫比的壓力。我不要這樣的關係，這不是我來此的目的。

有的相似場所具備比較大的公共開放空間，可供休憩、喝茶、翻閱雜誌，或是姊妹們的談天交流。這樣的空間，放在咖啡館裡還可以，但在這裡，我尋求的是更隱蔽而不被打擾的時空，最好能像在陰雨天裡蜷曲在樹洞內的蘑菇，也許不是平常生命活動的場所，可卻是某種恰恰好的慰藉。

然而，不管在什麼時候，若想要尋得慰藉或是有差不多的感覺，往往要花比平日生存更大的力氣，有些反覆辛苦的無奈。可是又好像不這麼做，連平常日子也過不下去了。

我打量我的日常生活和他人的日常生活，他們的苦難與幸福在我看來也只是他們的苦難與幸福。至於我，當然也有不可告人的苦難與幸福，宛如都替自己的生命穿上了層層衣裳，不同花色、不同質料就那樣一件件披在身上，搭得好或不好都這樣穿著，不管是否早已汗濕而出了身紅疹。

捨不得的我的生活，只好偶爾打開這樣的一道門，重新啟動某種空白狀態，然後更加興奮。

需要用這樣的方式進入冥思，或是有人稱為療癒，或其他隨便都好的名稱。

儘管我得不時面臨像是初次見面這樣的寒暄，但也僅止於此，更多的我，暫且跟著我褪下的衣物一起收在置物櫃裡面吧！

這是我秘密的處所。

我第一次來這裡就喜歡上它。

比女孩從前帶我去過的來得寬敞但又擁有絕佳私密性的空間，色調柔和卻不陰暗，角落擺滿薰衣草、牡丹之類的花飾，休息區的沙發是摩擦著肌膚會感到溫暖的布沙發，兩張小圓茶几上提供了花茶和點心。重點是那陣縈縈繞繞的香味，大概是多種味道調合出來的，聞起來像是冬日暖陽下的午睡。

我已經被收服了，卻仍想要再試探一番。

我只敢先從腳開始。

她困惑。

她忍不住她的困惑，用一種小心翼翼而溫柔的語氣，委婉地說服我，「要不要試試看提振療程？這個包含了肩膀、腰、腹、和雙腿，而且可以加強雙腿。」

我沒答話，她更進一步說明：「如果單做腿部是一千八百元，全身的提振療程是二千八百元還包含腿部，如果仍覺得不足，可以提振做完再加一千元做腿部，這樣全身都做到了，比較划算。」

「不……」我想，她不知道我的戒慎恐懼，以及抱持著對新事務只想點到為止試試看就好的心態。

她根本不知道這是我的初次體驗。

我需要慢慢來。

為了莫名其妙的面子（我為什麼不願意讓她知道我沒經驗呢？），我硬是跟她說曾經在另外一家做過，並且堅持這次只做腿部就好，而且用了個雖然不是什麼好理由但也難以繼續糾纏的藉口，「我有點趕時間，做全身太花時間了，我怕來不及。」

她的困惑少了些，也不便強求我，便用她那訓練過的待客之道，禮貌性地點點頭，說：「妳在這裡等一下喔！我先去幫妳準備房間。洗手間在裡面，可以先去用一下。」

我看著她的背影消失於對面的一道門，門上掛了個小門牌用英文花體字寫著薰衣草，跟著她開關門的力氣稍稍搖晃了一下，隨即回覆平靜。再往旁看，其他房間也都各自掛著用相同字體寫的不同花草的名字，於是我知道，我待會兒要使用的房間大概可以稱為「薰衣草室」吧！

去一趟洗手間出來後，她也剛好打開薰衣草室的門，輕聲地喚我的名字引我進入。我像是一路跟著吹笛人而行，不假思索完全任她擺佈。她指了個櫃子說可以放衣物和背包，我就將背包放進去。她讓我先去淋浴換浴袍和紙內褲，我就跟著照做。但是，她說等等吧，她會先離開這間房，讓我一個人換衣、洗澡，等我好了再把門打開她就知道了。

淋浴之後，我只穿著紙內褲外裹一件大浴巾，這時才想起我只是來做腿部而已，為什麼要連全身都一起脫了洗，而且只能穿著紙內褲？

混著水氣一臉迷惘地打開薰衣草室的門，探頭跟她示意我洗好了。

她嫋嫋而來，像從春天裡走出的女孩惹人迫不及待。她關上門，讓我在房裡的單人沙發上坐著，旁邊有一盆早已備好加了精油泡澡粉的熱水，載沉載浮著童話般細緻的泡沫。我依言坐上沙發，並且小心繞過那盆熱水怕打翻了它。

她跪坐在我前方，示意我把腳放入那盆熱水中，「溫度可以嗎？會不會太燙？」

比一般洗澡水來得高溫，甚至比溫泉水來得要燙一些，我暗自深呼吸試圖調整那從開著冷氣的室內溫度倏地深入熱水中的雙腳感覺，並且跟她說水溫不燙，心想反正等習慣了自然就不會感到這麼熱。

不只是體溫調節，人們適應環境的能力常常出人意表的好。無論是咬著牙硬撐，或是自然而然成為一種習慣，與其花力氣去抗爭不如安靜地演化適應。從生物本能開始，所謂的心志或是感情好像也都是差不多的模式。習慣了身旁有個人陪伴，即使互相羈絆著的關係會帶來不幸也難以捨棄，於是想出了另一個似乎有點糟糕的辦法——再找個什麼來在這不幸中帶來小小的安慰——也許是惡性循環，但也只有這樣才能依附環境生存。再怎麼樣，總比連短暫的溫存都沒有來得好。

等到兩隻腳都泡進去而水淹至腳踝的高度時，果然不覺得水溫有一開始那麼燙了。

她熟練的雙手先從我的右腳開始，搓揉、按捏、穴道指壓，連每一根腳趾頭的縫隙都不放過。

從未被人如此對待，大多數人也不願意去碰別人的腳吧！雖然同是身體的一部分，生時流著相同的血，死時散發出同樣的腐屍味，但那整日被踩在最下層處的雙腳，似乎最容易骯髒，尤其是腳底板、腳趾頭更讓人有屈就之感。

我有些不好意思，但表面上仍若無其事，微微低頭看她在做的事情。

她一面揉捏我的腳，一面與我寒暄著像是「我從事什麼行業」之類的應答，我也總是閃爍其詞不想暴露全部的自己。

出了這個房間之後，我做什麼又與她何干呢？

可是我不討厭跟她閒聊，不如隨便編織個身分。

她問：「妳今天休假，才有空過來喔？」

我小聲地說：「嗯。」事實上我不是朝九晚五的上班族，什麼時候要來這裡都可以。

她問：「妳住這附近嗎？還是在這裡上班？」

我說：「都沒有。」

當我說出我住在一個聽起來有點遠的山區時，她又困惑了。

想了想，她問：「那妳怎麼會來這裡？」

我說：「有時候我會開車過來這裡。」

我不知道我的回答是否更讓她困惑，但她不說話了，只是熟練地把雙手從右腳移到左腳，在我的另一隻腳上重複剛剛做過的事。

不過是每一個療程前的例行工作而已，我卻舒服得頭皮發麻。

不知道是我太大驚小怪，還是太久沒讓人如此好好對待，我戀戀不想從這盆熱水中抽出雙腳。

但是，她又用那溫柔的語調，要求我先把一隻腳伸到她跪著的兩腿間，讓人無法拒絕。

她在腿上鋪了層又厚又軟的毛巾，我那滴著水的仍沾著泡沫的腳就這樣肆無忌憚地擺了上去。

我不敢用力，怕踏傷了她，但是她說：「整個放下來沒關係。」

她用毛巾包覆著我的腳，輕按、吸水，再小心地為我套上脫鞋。

然後，又是另一隻腳。

這時候，換我困惑了——接下來，要做什麼呢？

「她是做美容ＳＰＡ的。」他這麼形容他的妻。

之後，我再怎麼死纏爛打地追問，他不是緊閉雙唇就是用幾個吻或幾句玩笑話掩蓋過去。

如果，他的妻遲遲都沒察覺他在外頭做些什麼事、跟誰廝混在一塊兒，我是不是也不應該去在意他的妻？

他說是的。我們不用在意。

我們在一起很久很久了，久到有時候我會忘了他還有個妻。

什麼樣的女人會無知無覺於枕邊人的出軌行為呢？不是他實在過於狡獪，就是他的妻過於善良，或是兩者兼有。不管如何，這讓我在他身旁有了生存的狹縫。但是，他從不過夜。

他會找個藉口跟妻說有公事要出訪，然後與我一起出去幾天幾夜的旅行，可是在同一家飯店訂兩間房以掩人耳目。

他從來不在我這裡住上一晚，他說：「只有一晚平白無故沒回家，一定會被發現有問題。出去好幾天，拿了旅館發票回去，反而讓人放心。」

哪裡有問題？誰有問題？他不是說不用在意嗎？

我好像有個伴，又好像什麼都沒有。

要好的女性朋友要我早點跟他做個了結，說這麼下去也不是辦法。不太熟的人則始終猜測我到底有沒有男朋友，每當被問及這樣的問題，我只是笑而不答。我想說有，可是他是萬萬不能曝光的。若我說沒有，可又難以解釋「身邊似乎有個伴」時所散發出的獨特粉紅色光圈。

對我來說，他其實是個好男人。

打從見到面的第一眼開始就知道了，我們不管在心靈上或肉體上都如此契合，以至再也分不開，像是彼此真正遇到了「對的人」。

但是，我們的關係無論在法律上、道德上都是不對的。這樣錯誤的行為，被當成了一件秘密，理應收藏著，卻釋放了我們彼此的欲想。他想替日常生活的規範鑿一個洞，可以出去透透氣，或是見見不一樣的風景。而我，我只是想要有個人來消除我的寂寞，撫慰猶帶著青春氣息又騷動不安的身體跟靈魂。只是剛剛好遇到了。只是剛剛好在某個奇怪的時間點，我們對彼此坦承了空虛，又擔負著對方的空虛想要用什麼來填滿。只是他恰好是我喜歡的樣子，是我喜歡的那人。只是他已經有了妻。

但是，那又怎樣？

我不想做他的妻，也不想做任何人的妻。這一輩子我打定主意不結婚了。

雖然不結婚，但我仍需要愛情、渴望激情，想念著肌膚相親的摩擦與溫度，嗅聞著彼此間關係最親密時互相散發的費洛蒙氣味。跟一個已經擁有婚姻的男人在一起，我不用負擔婚姻，可也享受了愛情與慾望。這樣的我，很自私！我知道的。我也知道，自私終究得付出代價。

我無法跟他訴說我的思念，不能在第一時間跟他分享我的喜悲，走在路上連牽個手都不行。我只能等著他不確定的約會時間，然後在他買給我的小套房裡做著戀人間會做的事情。唯有在這時候，我們才能確定彼此的相依相戀，把握住分分秒秒，或是靜待時間流逝。

除了那一陣子，他偶爾會陪我去畫畫。可是，現在連畫也停了，他又少了些固定與我約會的時間。

漸漸的，等待他來的日子裡，我愈來愈無事可做。

看似有一大把的自由時間可供揮霍，我卻被禁錮著。照樣會吃、會睡、會工作、會與人笑、會過日常生活，但身體有一部分正在因為早已被澆灌過而渴求更多的潤澤而乾涸。什麼毛病都來了。

他的妻為什麼還沒發現我跟他之間的關係？

我悶著。

泡完了腳，她領我上一旁的按摩床，她站在按摩床旁說：「小心，慢慢來。先趴著。」

我狼狽地爬上與腰部等高的按摩床，並且小心不讓裹在身上的浴巾掉下來。雖然我覺得就算浴巾掉下來也無所謂，但在一位陌生人面前多少還是遮掩一下自己這種暴露的心態，就一面爬上床一面用腋下緊緊夾著浴巾。等我把臉埋在按摩床的孔洞裡時，她卻過來熟練地解開我的浴巾，並迅速蓋上另外一條單人毛巾被。看似被包覆著很好的身體，可毛巾被底下幾乎一絲不掛。

我一絲不掛的肚腹和胸部直接貼著保潔用的細棉紙，其下是一層毛巾墊和電毯。電毯已經預熱過了，我一下去就感受到傳上來的熱度，溫溫的不會過燙，很適合在這冷氣房內溫暖毫無防備的身體。

她倒了些精油在她雙手揉搓，手掌朝上放在按摩床的圓孔下面我的臉正對著的地方，讓我嗅吸這迷離的味道。她說：「我們開始了喔！先進行放鬆。慢慢深呼吸再吐氣，來——」

我始終依照她的指示而行。深沈地吸足了由她手掌心傳來的氣味，再緩緩吐出。她的掌心應該能感覺得到我的鼻息吧！瞬間這麼一想，不禁一陣尷尬，但又像個在喜歡的女老師前面力求表現的小學生，我更想讓她知道我是多麼服從她的指令去做動作，竟有些故意的會稍稍用力呼氣。

幾次吸氣吐氣之後，她收回了手，起身，行走，到我的雙腳那裡，停住。我整個人趴在按摩床上、頭也卡在圓孔裡，動彈不得。她的一切，我只能從圓孔裡往地板看去的視線，以及憑藉人們在動作時會發出的聲音，加上後續的行動來猜測她正在做什麼。她在我的腳邊摸索著。後來才知道，她是要先讓雙手塗滿了按摩乳，好在我的身體上滑順的運行。

她掀開我身上部分的毛巾被，我的整條左腿包括被紙內褲隨便包裹的左半邊臀部都赤裸裸地展現在她眼前。我感受到從鑲在天花板的冷氣機吹來的風，涼涼的……可是一下就熱了。

她手上的按摩乳是溫熱的，再經過她在我腿上的摩擦，溫度一下子就升高許多，甚至也忘了我的這一隻腿是光溜溜的露在那兒。

她簡單解釋了將要發生的事，「我們先從左腿開始，然後再右腿。」

我輕哼一聲，表示知道了，她也不再多話，只是完全專注於我的身體。半晌，她突然想到什麼，問我：「這樣的力道可以嗎？要再輕一點還是再重一點？」

「輕一點。」我說。我瞬間浮現腦海的是因為按摩反而導致身體受傷的新聞報導，我有些擔心，而且又怕痛。

在這裡，怕痛大概比怕癢好。痛的話可以出聲要求輕一點，可是有被呵癢的感覺而想笑出聲的話，大概會讓人不好意思。

我想到他。他是說什麼也不會找人按摩的。他是個極度怕癢的男人。

人家不是說怕癢的男人怕老婆嗎？那麼，他怕不怕他的老婆？如果他怕老婆的話，為何還跟我在一起？或是因為他怕老婆，所以想找個可以待他溫柔的人來紓解他的壓力？可是，他看起來雖然不是大男人但也不像怕老婆的人……。

想著想著，我想睡了。

她的手在我腿部或捏或揉或彈，有著穩定的節奏，一下一下的，連微微的痛感也是一下一下的，讓人想在這穩定的節奏中沉沉睡去，可又不時會被從腿部肌膚傳來的刺激擾醒。半睡半醒，進入了某種迷離的狀態。

我又開始想他。

在我正一點一滴想他的時候，她完成了我的左腿，蓋回毛巾被，又揭開右腿的毛巾被，進行跟剛才相同的事情。

之後，我被翻了個身。她在按摩床的圓孔上放了個枕頭，好讓我舒服地躺在上面。她收攏我的長髮，用浴巾包著，並在我雙眼覆上噴了香精油的毛巾。我完全看不到她了。感覺她特別在我胸部先蓋上一層小浴巾，再用大張的毛巾被覆蓋我整個人。我不知道胸部為什麼要如此加強防護，但這麼一來似乎就不怕著涼。

依然從左腿開始。她的手也依然。

他暫時從我的思緒中消失。我的注意力又放在她和我的腿。我喜歡她一開始時抹了熱熱的按摩乳的雙手剛放下來的觸感，像被戀人撫過的熱。甚至比戀人還要來得溫柔，以及用心。

誰會這樣專心一致地撫摸一個人呢？

我在她的手中，不披掛任何過多的裝飾，毛細孔舒展開來又蜷曲著，退回某種嬰兒的狀態。渴求當下的歡愉，閉著眼感受全世界。

我們融合成另一個世界。

他只能在外面猜測，連觀看都不能。

可是，她說：「我們的療程結束了。」

結束了嗎？我像是突然被誰從另一個時空拉回現實，被迫面對說不上熟悉或是陌生的環境。

她拿下遮蓋雙眼的毛巾，我眨了眨眼，不確定這樣的光亮算不算得上刺眼。

她慢慢扶我起身坐在床上，用熱毛巾敷上肩頭，跟我說：「拖鞋放在右邊。

等一下我出去後，妳就慢慢換衣服。我在沙發區那裡等妳。」

我坐在床上抓著裹身的大浴巾，等她出去了，才下床穿拖鞋去衣櫃那裡穿衣。恍如大夢初醒，我這才環顧這間房，裡面有按摩床、單人沙發、衣櫃、洗手臺、其他的櫃子、做臉的儀器，以及緊連著一間淋浴間，還有寬敞的空間可供行走，應該不算小吧！而我剛剛就在這裡經歷了生平第一次的體驗。

衣櫃門內有穿衣鏡，我手中拿著剛脫下來的紙內褲，赤身露體地在鏡前打量自身，還是不懂為什麼只做腿部要全身脫個精光。

無拘無束的存在，對於我們而言卻是怎樣的費工。為了求取片刻的舒適，其過程只能以更繁複來進行，一步驟又一步驟的，直至舒展的瞬間。

在鏡前照了一會兒，想說不要逗留太久，趕緊換衣出去才是，然而，手上的紙內褲卻是急迫的難題——該把它丟去那兒呢？

左看右看，沒見到垃圾桶模樣的東西，躺在地上的置物籃看起來是堆放用過的毛巾、浴巾而待洗用，若把紙內褲丟進去似乎怪怪的。最後，只好將它丟在還鋪著保潔棉紙的按摩床上，心想這沾了我的按摩乳的保潔棉紙在收拾時應該是被丟掉的份，那就連我的紙內褲一起吧！不確定這樣是否妥當，但也沒別的辦法，不然我要拿它怎麼辦呢？

換好衣服，在鏡前稍微打點妝容後，我打開房門走出去。

她已經在小茶几擺好花茶跟點心，還有一份我的顧客記錄表。她見我出來，也輕柔地從對面櫃檯跟過來，要我先坐在沙發上喝茶吃點心，她再跟我詳細說明她今天用什麼材料做了什麼事情。

簽名確認後，她問：「今天做得還習慣嗎？」

她的問題讓人好難回答。習不習慣某件事，不是應該基於有個更早的經驗嗎？如果都沒有，也只能慢慢習慣了。

雖然之前騙她說我曾在別的地方做過，但真被她問了這樣的問題，還是不知所措。但是，我想她應該希冀一個肯定的答覆，於是我點點頭。確實，她做得讓我感到舒服，這也就夠了。

付完錢，正準備離開時，她滿懷期待地說：「下一次有空的話，可以試試看做全身的。」

「喔，好。」
我這樣算不算給了她一個允諾？要兌現嗎？
下一次，隔了兩個星期後，我依約前來。
她卻不是她。

我會刻意選在他要來的日子前，先去找她。他多是晚上出現，我則下午去她那裡。我從未跟他提及在他來之前我去做了什麼。他以為我身上的香味是化妝品、髮妝水、香水、沐浴乳、潤膚乳，或是女孩子獨有而神祕的味道。
他喜歡我這樣的身體。
他說摸起來很順手、很柔嫩，想要讓人小心呵護，可又忍不住想吸吮。
他說：「妳好像布丁。滑滑的、奶奶的、甜甜的。好想把妳吃掉。」
「給你吃。」我在他身旁滾了一圈，蹭著他胳膊，湊近他的臉頰，先下手為強囓了他一口。
「吃掉就沒了。」他顯得不捨，可又有些惋惜。

「誰說吃掉就沒了？」我想起生之悸動與死之回歸，像是滴答滴答的時針走過一圈後又回到原來的地方，總會有新的開始和循環，「吃掉以後你再吐出來就好了。」

他大笑：「我又不是妖怪姥姥。」

確實，他不是。他是個溫柔細心的男人，太殘忍的事情他做不出來，或是，他不願意面對殘忍，只能永無止盡的隱瞞著。如果永遠不揭開來，就永遠不知道了，無論裹屍布下面躺著是維納斯的身軀或是黑山老妖的木乃伊。

寧願維持安然平和的狀態。

我接收了他的愛與和平，不管是否有人因此猜忌妒恨。

我怎麼管得著他的妻呢？

他說：「我們在一起的時候不要想別人，我只想看著妳，在妳身旁。我們——只要我們兩人就好。」

標準的用來哄女孩的甜言蜜語，我沒當真，但是我寧願相信。相信在他說話的瞬間，至少有某個時刻，我們活在相互建構的愛情底下，用同一條鎖鏈綁著。我們繫住了彼此，可也容易鬆開，只是缺乏一個契機或是誰先隱藏不住那個綁著的結。

先是不知不覺，等到清楚意識到，常為時已晚。來不及假裝一切都沒發生過，來不及收回放出去的情感，來不及再找個人來排解寂寞或是製造心焦。然而，當我們幸福的時候，也許有人會因此而悲苦。這些，我都知道的。但是……有太多的但是。

他喜歡在我懷裡溫存，喜歡我們撫摸彼此，他說他從我這裡得到滿滿的慰藉。他說這些話的時候好像一個大嬰孩，讓人不捨又無限愛憐。在他眼裡，我也是這麼依戀著他的吧！

我們相遇於各自最脆弱的時候。那時候，我幾乎抱著「誰來都好」的想法過日子。然後，他就出現了。

一個私人的派對，我們都被邀請卻都跟主人不是太熟，都有些莫名其妙的想逃離會場。然而，等到我們私下聊開了以後，最終都待到了最後，然後又約了再次見面的時間。

我們一下子就熟悉了，然後就這麼愛著、慾望著。我期待他能讓我忘掉上一段遍體鱗傷的愛情，他則想要有個放鬆之處。

我們相擁了一會兒又分開各自趟在床的兩側，我還是想問他：「那麼，你的妻呢？」

他皺眉，神色略暗，說：「不是說好不講她的嗎？」

「但是，」我真的十分好奇，非問不可，「她不是做ＳＰＡ的嗎？怎麼沒幫你馬兩下？」

「怎麼可能？她每天回家都累死了，只會發脾氣。」他說：「況且，她是專門幫女生做的那種。」

「她幹嘛把自己搞得這麼累？你們又不缺錢。」我就是對他的妻充滿好奇。而且他雖然年輕卻繼承龐大的財產，並且自己經營了一家規模不算小的公司；我疑惑他的妻為何不在家當老闆娘就好？

「她喜歡自己找事做，不想一直在家。她好像對這個有興趣，還去考到了執照，就開店了……況且，我們現在又沒小孩，她無聊吧！」

「所以她還是老闆娘嘛！自己有一家店，你幫她開的？」

「嗯，但是她也自己做美容師，所以更累。」

「做興趣的還做到這麼累喔？」

「誰知道！」他翻了個身，一手搭在我的腰上，彷彿我那腰際的凹陷處是他的扶手靠墊，就這麼賴著作勢要親我，說：「不說她了。」

「好，不說了。」我說。

那麼，我們來做什麼呢？

「要不要做些不一樣的？」

她遞上花茶後，拿出一大本目錄介紹，跟我說明基礎療程之外還有哪些可以做的，以及這個月的特殊療程。我耐心地聽她介紹這些讓人無法區別有什麼不同的療程，並且打量她的長相。

她跟我上次來的時候遇見的不是同一位，但是好像再上一次或是再上上一次是她。我不太確定。他們的氣質相似，髮型都在腦後挽了個髻，穿著一模一樣的制服，臉上是素雅的裸妝，連說話聲調都是訓練過的相像，唯有她的雙手在我身上游移時，我才能辨識他們。

「我們這裡不能指定。」第一次來的時候她就說過了規矩。這規矩訂的也是，一來他們排班方便，二來如果可以指定小姐做這種事，好像會讓人往另一種方向想去。

於是，每次推開這道門都像打開驚奇箱，不知道今天來迎接我的會是哪個她。

她講解完畢，又用滿懷期待的眼神望著我，等我做最後的決定。我指了指用相框立在小桌上的廣告單，說：「就這個吧！這個月的 special。」

每個月都會替換的小廣告單，上面都印著漂亮的圖片和帶著文藝氣息的宣傳詞，說明這個月有什麼特殊的療程或是優惠。跟著季節而變有時參雜了諸如聖誕節、母親節之類的特殊節日，反正都是女人們每日生活的最直接感知。我來了好多次，偶爾做基礎的，偶爾做特殊的，就是不喜歡包套。雖然不限時間，愛什麼時候來就什麼時候來，但是包套也意味著被什麼給綁住了，我不喜歡到這裡還要有這種心理負擔。況且，每一次來我都想，這一次說不定是最後了。誰知道下一次我還會不會想要再來呢？誰知道明天的我，是否依然安在？

我堅決不包套。

她的最大好處就是不把自己當成推銷員，如果我說不，她也不會咄咄逼人，只是隔了一陣子才又淡淡地提起，而我依然搖頭。

「如果包套的話，就不能做你們每個月的特殊療程了。」這是我給她的理由。她聽完我的解釋後，笑到眼角的紋路都浮現出來。沒想到公司用來招攬顧客的手段，也成了某些業績無法達成的原因。

選好了療程，她去做準備，我先在沙發上等著。等她在小房間內將電毯預熱、打一盆溫熱的泡腳水、備齊這個療程需要的精油、按摩乳，以及大小毛巾後，我才會被她迎進去，開始任她擺佈。

我們逐一完成例行的步驟，宛如一項神祕的儀式，安詳而美好。從第一次之後，我將全身都交給了她，不再猶豫與恐懼，也早就消除那怯生生的不安。一次之後，再來就容易得多。

久而久之，我成為這裡的常客。但是，我從不預約下一次的時間。他也從不跟我確定下一次的約會。

他打電話或是傳簡訊給我，我再打電話跟她預約某個下午的兩小時。通常她都有空，可是偶爾，她會說：「不好意思，這個時間滿了，妳要不要約隔天下午？」

隔天就不行了。

我不想帶著他的氣味去她那裡，一定會被發現的。

「那就先不用了，等我有空再約吧！」我在電話裡面不只一次拒絕她的提議，除了本來想要預約的時間，再來我根本不知道該約什麼時候。

後來，她就習慣了。她習慣我的臨時起意，大概我來時就像賺到了，也不特別期待。

她依舊笑吟吟的。

「今天有哪裡特別想要加強的嗎？」當我趴好後，她一面整理我的長髮一面例行性的詢問。

「肩膀……還有小腿。」最近接了個工作，連著好幾天每天都在電腦前趕稿超過十小時，肩膀僵硬得連自己摸起來都覺得像一塊鐵板，而小腿不知道為何也莫名發脹。

她應聲表示知道了，緩緩地唸起每一次來都得聽一遍的咒語：「我們開始了喔！先進行放鬆。慢慢深呼吸再吐氣，來——」

跟隨著她的話語，我又進入她的領域，臣服於她的碰觸。

從按摩床放臉的圓孔看出去，我只看得見她的腳。她穿著長褲，長長的褲管蓋到了腳背，讓她只露出半截腳背和十根指甲修剪整齊的腳趾頭。像小學生剪指甲的長度，她那沒塗上指甲油的腳趾甲短得與肉齊平，周圍沒有半塊死皮，看起來是雙非常乾淨、鮮嫩的腳掌。她會不會也發現到當客人的是也只能集中在一點時，她的雙腳就成了最受矚目的對象，因而她會特別保養雙腳呢？而且最忌五顏六色的去挑撥客人的情緒，否則就達不到她想要對客人施展的效果了。

她還是從腿開始，再一路往上到肩頸處。我習慣她的流程後，便開始有了期待；期待她的手這時候在我身體的哪裡，下一刻又會移到另外什麼部位。

她與他的手有什麼不同呢？

同樣在我身上如入無人之地、同樣企圖讓我感到舒服……他的手還有他的慾望和需求，隱含著深恐把我弄痛的小心翼翼。她的手也有她的慾望和需求卻不是從我身上獲得，而且她時常把我弄痛或是搞到青一塊紫一塊。

他的手順著他的感覺在我身上而行，毫無章法條理，可是連最私密處他也任意探尋並且停留許久。

她的手在我身上有一定的規則，這裡或是那裡，每一處用什麼樣的力道，是按、是捏、是揉、是拍，都是一個步驟一個步驟的來，而且刻意避開他的手最常碰觸的部位。

他的手完全不假修飾，那樣直接地接觸我的肌膚，是有些微粗糙的肌膚相接的摩擦。

她的手總是裹著按摩乳或香精油，在我身上永遠平滑柔順，似乎完全沒有阻力。

他……我不時在她的手中想他。反之，只有一次，我在他的愛撫中想起了她，可也沒有一個確定的名字。

自那一次以後，我來她這裡的次數變少了，但是每一次來，我發現我慢慢在這裡遺忘了他。取而代之的，我對她感到好奇。

當我分不清她是哪個她的時候，唯有脫光了衣服趴在床上，閉著眼睛或是盯著她的一雙腳時，我能藉由她在我身上的雙手來分辨今天的她就是上上次的她。大抵都不會錯。

我對她有無窮的想像，卻是萬萬不能告訴她。

換個性別，不就是色情了嗎？

我迷惑了。

本來沒想到這一層面上，但那一天實在是她的手太往大腿根部那裡去了，而且不只一次。她應該是不小心掠過的，但這來自敏感部位的肌膚感覺卻是真真切切地傳到了我的大腦。我開始用想他的方式去想她的手。

我光著身子在她眼前，趴著或是躺著，她將我身體的一切看盡眼底，並且那樣的愛撫著。但是，也僅止於此，她不能對我做其他事情，而我更是連動都不能動。

除了母親和情人，過了青春期後，我從未在誰面前赤身裸體過。我們不是情人或親人，甚至只是初見面的陌生人，但是我允許她的手在我身上做這些那些的事情。

壓抑慾望，不帶情色，可以持續多久？

我幾乎可以想像高潮。

突如其來，她說：「妳的肩膀真的很硬喔！」

「唔。」我應著。

被她從想像中喚回的感覺不是太好，好像一個夢還沒做完就被迫醒來，殘留的情緒要半天才能紓解。她不會知道的。

眼下她最在意的是如何藉由她專業的手法來拉開我肩膀的肌肉，並且稍稍加重了些力道。我有些疼，可也疼得爽快。本來想要提醒她不要太用力，也不說了。

這一回，她似乎累了。

她在我的顧客記錄表上面依例填寫著今天用哪一種按摩乳做了什麼，並在附註欄寫著「頸肩僵硬」四字。我尷尬地想著，是否要對她感到抱歉而說聲「辛苦了」呢？這樣好像會讓彼此更尷尬。

我默默簽字、付錢，喝完最後一口花茶，將小點心的包裝袋留在茶盤裡，隨她下樓穿鞋，聽她暖暖的聲音說著小心慢走，然後步出這道門。跟來時一樣的裝扮，若說有什麼差別，大概是有些睡眼惺忪可又睜亮著眼想認清世界。

我轉了轉肩膀，確實比之前輕鬆許多。擺脫了沉重的身體之後，腳步反而浮浮的，不太習慣。

嚴格來說，我一直不太習慣這世界以及這樣的生活方式，我不知道別人在想什麼、說什麼、做什麼，談話或是行動都帶著強大的目的性以及欺瞞，不管是善是惡，我都得費心猜測。久而久之，當我懶得如此做的時候，就變得愈來愈不在意他人，愈來愈自私了。

事實上，我只想隨遇而安，就算被當成是一隻無所事事只能被豢養在玻璃缸中的金魚也無所謂。

所以，我始終等他。

偶爾出來透透氣，找她。

我依樣畫葫蘆在他身上施展她對我做的事。憑著身體感覺，我回憶她的手的力道、方向、觸感，技術不純熟的胡亂運用在他身上。他的身體不知該說柔軟還是堅硬，手按在男人的肌肉上不禁會想要用力，可是那觸感又跟我僵硬的肩膀有很大不同。以為早已熟悉了他的身體，認真對待起來竟也顯得陌生。我更加在他全身施力。

他只受得住幾秒，一下子就扭成蝦狀，滿是抵抗，哀聲討饒。

「好癢喔！」他的眼淚都快流出來了。

「讓我再試試啦！別動！」我仍不放棄攻擊，雙手在他身上各部位揉捏，逼得他也伸出手來試圖抓住我的手。

男人的力氣還是比女人大。我投降了，乖乖在他旁邊坐著不動，可他仍不放心地抓著我的雙手。

瞬間，天地皆靜默。我們的呼吸聲比夏日的蟬鳴還要貫穿這世界，可已經入秋，這溫度正適合依偎或是緊挨著身體什麼事也不做。我們享受這時光，彷若剛才的打鬧是上個世紀的故事。

如果誰能讓我在無聊的生活裡有一絲一毫得好好活著的動力，他應該就是就那個人了。因為他而笑，因為他而焦躁，因為他而耐煩或不耐煩，我們的親密關係從身體開始牽繫著一連串的境遇。我們的故事裡只有我們兩人，劇情是千遍一律的愛著或是夢著或是睡著，如熊之冬眠，無論外面有誰經過。等到春天將醒之時，猛然記起對這世界還有一些些的責任。於是，帶著蹣跚的步伐，一步步走了出去。

我們——該怎麼做個了結呢？

我想了好幾次，卻一次都沒跟他說，哪怕透露一丁點訊息也好，但是我依然讓他覺得我們會永遠在一起。

說不出口，還有大部分原因是我還眷戀這樣的一個人。我相思著他。儘管現實中的愛情開始於相互療傷的溫存片刻，延續下去也只會造成更多的傷害，不只我們兩人還會有其他人牽扯進來，但是我好想保持這樣的溫度。

我的身體想要一次又一次接受那樣的愛撫。

片刻之後，他忽然神情警戒地問：「妳怎麼突然想要幫我按摩？」

「……好玩。」我隨便講講，他可沒隨便聽聽，繼續問：「就這樣？」

「嗯。」

「妳該不會……」

「該不會怎樣？」

其實我真的沒想太多，只是想要在他身上弄弄。

他卻不說了。

我起身，去廚房找飲料喝，喉嚨乾得像吊在大太陽底下曬了三天。找到一瓶開了幾天的可樂，倒在玻璃杯裡一點氣泡也沒有，我也就這麼喝。

他悶著一個人穿衣打理，在我身後轉了幾圈，說該回家了，下次再找我。

「不要回家！」聽他說要回家，我的寂寞瞬間全湧了上來。本來想逃避他的問話的我，不禁緊緊抱住他。我感到他原本悶著的心情漸漸紓緩開來，他也緊緊的回抱著我。我們像無尾熊般的相擁。他用盡方法哄我，又拖延了一個小時，在門口吻別依依，他說：「下一次再找妳。」

下一次，什麼時候呢？

他沒說定時間，只是說下一次。他說再跟我聯絡，到時候再約。

我送他出門搭電梯，隱約發現有誰在注視我們，可是四下張望又毫無人影，只有逃生梯那裡有疑似人從我這裡經過往樓上走的聲音。我住四樓，本就常有人經過這裡的逃生梯，好像是六樓還是七樓的住戶，聽說是為了運動都不搭電梯，每日就這樣從樓梯上上下下。我想剛剛經過的人應該也是這住戶，也無從感到驚怪，他更是沒發現逃生梯那裡有什麼動靜。

電梯門開，電梯門關，他從我眼前消失。

我回去用手機傳了封簡訊給他，說我想出國走走，看他能不能安排，看是要我們兩個一起去，還是我一個人去。

他馬上回了簡訊，沒說好或是不好，只是一個張大嘴看起來顯得很驚嘆的表情符號。

這是什麼意思？

我懶得繼續傳簡訊，也不想去猜。反正，到時候就知道。

不要管他什麼時候來了吧！

瞬間，心律不整的老毛病又犯了，忽快忽慢的心跳，我一下一下地感受到從胸口傳來的撞擊。其實沒什麼大礙的。一下子應該就會好了。

我慢慢繞著客廳走了幾圈，想起第一次帶我推開那道門的女孩，不知道她過得好不好？我在手機通訊錄裡翻找著她的電話，好不容易找到了，卻盯著螢幕發呆好一陣子，又移回待機畫面。

我現在要做什麼呢？

終究克制不住某種慾望，我拿起手機撥了個號碼。電話那頭傳來悅耳的女聲：「喂，您好！」

「請問，我明天下午想預約做身體的，可以嗎？」

「我看一下，您稍等。」

幾秒鐘過去，那好聽的女聲又說：「可以。明天下午三點好嗎？」

「好。」

「請問您的姓名和出生年月日？」

「我……第一次來。」

「那就請留下姓名和電話。」

我很快報上她需求的資料，她用那好聽的聲音重複說了一遍，我竟興起小小的快感。

結束通話，我一手握著手機，一手捏著一張名片。兩隻手都微微顫抖著，掌心也沁出了汗。

那張揉皺了的名片，是我從他皮夾裡偷出來的。

我想，這應該是他的妻，不然他的皮夾裡怎會有這樣的名片？

我不想打擾他們的夫妻狀態，只是想去看看她。

也許可以在她面前曝露出全部的我的身體，也許我能從她的手感受到她的慾望和衝動，也許她能帶給我混著疼痛和快感的撫慰。

也許……。

秘密洞窺

這已經是這個星期的第三次了。

我憋住呼吸躡手躡腳地貼在門上往外看。除了從門眼看出的那扭曲變形的鞋櫃只剩下同樣扭曲變形的空間，電梯門在一旁也彎彎的，電梯對面半開啟的窗戶伸進幾片窗台盆栽的葉子。再來，什麼也沒有。

我後退，慢慢呼吸一口，又貼在門眼上繼續觀察外面。

這一次我看見的，跟剛剛一模一樣，就是靜悄悄的，就算時間在此停住也不足為奇。

不過就是無人經過的大樓公共空間的樣子，再怎麼看應該也不會突然冒出什麼東西來。可是，我明明聽到門外傳來窸窸窣窣的聲音，像是誰在我的門前打轉，或是企圖打開我的門。

「小偷？強盜？」我確定門是反鎖的並且加上了門栓，想若真是偷盜之徒一時半刻應該也闖不進來，我有時間去確認然後報警。

但是，空無一人，連奇怪的聲音也沒有了。

「會是躲在哪個死角嗎？」我猶豫要不要開門去巡一遍，又擔心一開門就被人敲昏了頭，就這麼跟這道門僵持著。

過了幾分鐘，我慢慢退回客廳，坐在沙發上盯著門，豎耳仔細聽著外面的聲音。我聽到了樓底下巷道的人車聲、隔壁的隔壁大樓的興建工程、樓上拖拉椅子的摩擦聲，以及不知哪裡傳來的沖水馬桶的聲音，但就是我的門外全無動靜。

我又挨近門眼看外面，跟我上次和上上次看到的景色一樣，沒什麼特別的。我想：「這半天又沒聲音，就算是闖空門的人，應該也走了吧！」

心神不寧地回房想要繼續我剛才做的事，瞬間，我忘記我本來準備要做什麼了。桌上的電腦停在待機的桌布畫面，旁邊是一只雙層玻璃杯盛裝的已經變涼的大吉嶺茶。我坐回電腦前的旋轉工作椅，怔忡著我本來想要用電腦做什麼呢？

記得昨晚才趕完一個工作，並且發誓要趁接下來的幾天空檔好好放鬆不再碰電腦、不再用鍵盤打字。那麼，為什麼我的電腦是開的，而且旁邊連茶都備好了，一副我將要用電腦做什麼的準備？

想了想卻想不出來。反正先習慣性的登入臉書，檢閱了幾頁動態消息，跳看著幾位友人的首頁。突然，一位雖然加入了聯絡人但根本不知道他是誰的傢伙，傳來一則私訊息：「妳不知道要做什麼歐？」

我嚇了一跳，背脊發涼，再三確認他寫給我的這幾個字。

「他怎麼知道？」我假裝沒看見他的訊息，內心狐疑著去他的首頁看看他究竟是誰。研究了半天，我還是不知道他是誰，甚至連是男是女都有些搞不清處。他的名稱取了個中性的像是武俠小說裡的人物的名字，而相片都是風景照或是他拍的別的人物，而我們共同的朋友則雜七雜八，還是認不出來他是誰或是屬於哪一個群體。

幸好他不再傳其他訊息過來。但是，想起來還是覺得恐怖——他怎麼知道我當下的狀況以及我在想什麼？

匆匆登出臉書，我這才想起之前開電腦是為了去網路上查一家餐廳的電話準備去訂位，順便上網拍逛逛。

搜尋了一下，這家名氣響亮的新餐廳不難找，我瀏覽著它的餐廳介紹、研究菜單，就這麼蘑菇了一陣子才拿起手機撥電話訂位。

「喂，您好，這裡是——」接電話的是年輕有禮的男性聲音。

「你好，我想要訂位。這星期五晚上七點，兩位。還有位子嗎？」

我想，今天已經星期三，要訂星期五晚上的位子機率應該不大，但還是先試試再說。

「有的。兩位。是要慶祝生日吧！請問您的姓名和電話？」

「對，我——」話說到一半，突然覺得不對。他說要慶祝生日的語氣明顯是個充滿肯定的雀躍聲調，不是一般會詢問客人的樣子。他怎會那麼肯定我是來慶生的？

然而，事實上，我真的是要來慶生啊！

「喂，不好意思，請問您的姓名和電話？」我短暫的沉默讓他又再詢問了一次。

我迅速報上姓名電話，悶悶地結束通話。

努力說服自己沒什麼事，不過就是餐廳的例行詢問，也許來慶生的會有什麼額外招待。應該不必去想太多吧！

心中就是覺得怪怪的！加上先前在臉書上那個莫名傳來的私訊息，彷彿誰住在我的心裡面或是正觀察著我，而我的所思所想和一舉一動都先一步被人知道了。

我想起科幻小說的橋段，難不成我的背後真有個什麼在操控著一切。那麼，我還是不是我呢？

這樣想久了連自己也覺得莫名其妙，現實世界中怎會有這樣的事？也許，只是累了，說不定是連續熬夜後出現的幻聽、幻想，和疑神疑鬼。

我關掉電腦，留一盞客廳的燈，抱持著堅定的決心奔向我的大床——睡午覺去。

等一覺醒來，一切皆會好轉，至少也該是世界依然。

我夢到我不斷閃躲敵人的追逐，有時候就算正面碰上了，我也拚命在某個轉角甩掉他們，可是他們還是緊追不放。敵人似是在跟我追討某個東西，但我不知道究竟是什麼，只能持續逃跑。

之後，又是下一個夢。

我夢到我在一個大型宴會會場，捏著一只紅酒杯四處周旋著宛如女主人。可是，我誰也不認識，只是被推著不斷越過一個人又一個人，陪笑、寒暄、掀起一波又一波熱烈的氣氛。猛一回頭，我才記起這是我的慶功宴，而至於到底在慶什麼功則又想不起來。

之後，又是下一個夢。

我夢到我又回到中學時候，坐在教室最後一排，旁邊是班長，大家都在埋首寫考卷，只有我好整以暇地四處張望，看看他們在做什麼。班長轉過頭來跟我說話，我只聽到模糊的雜訊，像從前只有三台時代每到三更半夜沒節目播了會出現的呲呲聲；可是就算聽不到，我完全了解班長說的話。低下頭，我又緊張得想著考卷上的考題我都不會寫，可是轉念一想，我不是已經考上學校還念畢業了嗎？幹嘛還要寫考卷？

之後，又是下一個夢。

我聽到誰在按門鈴，那樣急切的聲音，我慌忙在房裡跑來跑去嚷著：「別急！別急！」

不！這又好像不是門鈴！

不是門鈴，是電話鈴聲。

好熟悉的鈴聲——猛然驚醒，從客廳傳來我的手機鈴聲。

急忙跳下床去接，竟是一通打錯的電話。

之後，我不再睡。

看時間是下午四點，剛好在日與夜的交替，這魔幻時刻讓人感到暈眩，但也恐怕是強迫入睡的後遺症。

記得晚上跟大學同學卉卉約了吃飯。從大學畢業後，我們差不多維持一年見個一面的約會頻率，隨意說著各自的生活，隨意過完一個晚上或是下午，然後又是一年。

離約定的時間還有兩個小時，夠我梳洗、整裝，再搭一小段捷運去指定的餐廳赴約。

穿著一件內褲在衣櫃前排回，我煩惱著不知該穿哪件衣服出門。翻找了幾遍，終於決定穿那件已經穿過一次但還不顯髒的洋裝，心想今天穿完後就可以送去洗衣店乾洗了。一轉頭，見到衣櫃門裡的穿衣鏡映出了我，模樣比想像中的我來得好看，至少氣色看起來好極了，膚色似乎也還白皙透亮，全身上下雖然不是模特兒身材但也還不錯。一時之間，我著迷了。絕非自戀而是從來沒這樣看過自己，這鏡中的人看起來好陌生，可是又忍不住一直瞧。

吸氣，縮小腹，想要側腰和腹部的線條再纖細些，直到肚臍那裡整個扁進去覺得痛了才罷休。

如果就這樣一直扁下去，會不會就真的變成如人家所說的「皮包骨」，甚至連骨頭、內臟的痕跡都能清楚見到？或是，根本剝開了這具肉身，我那歷百千劫的靈魂就這麼披露在外，然後到時候一切都將豁然開朗？

端詳鏡中人，愈看愈不像是自己，害怕因此深陷迷障，我趕忙將衣服穿好，想要逃離這面鏡子。

關上衣櫃門的剎那，我又瞄了一眼門後的鏡子，卻見鏡中影像停留在上一刻，是裸著身只穿了件內褲在鏡中拚命縮小腹的我。

——這是什麼？

我慌忙打開衣櫃門，刻意看鏡子究竟映照出什麼「東西」來。結果，還是我——已經換好洋裝，一臉驚恐而不知所措。

從鏡子裡看去，我的身後沒有別的「我」，我不放心回頭看又轉回看鏡子，依然是熟悉的空蕩蕩的房間加上現下的、眼前的我在鏡子裡面，就是一般鏡子會映照出來的樣子，沒有任何異狀。

唉，不管了，我還得化妝、梳頭，再這麼拖拖拉拉下去就要遲到了。

我想了好久……我想，我應該已經醒來了吧？

卉卉今天變得好奇怪。

雖然我以前偶會感到她散發出的某種類似巫的氣質，但是像今天這麼強烈的可是頭一遭。

她畫了個誇張的眼妝，墨黑的眼線在眼尾打了個長長的勾，假睫毛戴得過於濃密，燈光撒下可見假睫毛在眼下形成一根根的陰影。我知道這是現下很多年輕女孩流行的妝容，但在十多年的老同學臉上見到的卻是過多裝飾的不習慣。

卉卉說：「妳覺得我的妝畫太濃了喔？」

我沒說。我真的沒說出來。

這就是卉卉今天最奇怪的地方，她像是看透了我的心思，我在想什麼她都一清二楚，這讓我很不自在。

「沒有呀！」我不想承認對於她的外表的批評，可是又擔心她早已知曉我的口是心非。

卉卉接下去辯白：「我覺得還好。我一直都是這樣啊！」

「有嗎？」我搜索記憶中卉卉的樣子，她剛上大學的時候、畢業的時候、工作一陣子以後，以及結婚當新娘子的時候，每個階段的卉卉，我好像都有印象，可又像在街上看見誰的背影，想叫出聲又不確定，或是忘了姓名。

確實有一陣子我不敢直視她。

「一直都這樣的。」她若有所思的說著，突然又用輕佻的語氣說我：「原來妳從來都不曾好好看我，枉費我們認識了這麼久。」

我啞口無言，只好在餐廳閃爍不定的燭光下仔細看她。她也睜大眼睛回看我，問：「怎麼樣？」

「啊？」

「這次有好好看我了吧！」

我看是看了，記不記得住又是另一回事，而有沒有符合我十幾年來記憶中所貯存的對於她的印象，又更是令人匪夷所思了——原來卉卉長這模樣！她以前好像清秀些，也比較漂亮。

她真像住在我的心裡，她問：「怎麼樣？我變醜了嗎？是不是年紀到了，有歐巴桑氣質？不過，妳都沒什麼變。」

「是嗎？那麼，我長什麼樣子？」我想到出門前竟驚訝於自己的裸體，不免失笑，想要問卉卉，看看我在別人眼中是什麼模樣。

「就是這樣啊！笑笑的。」她不著邊際可又顯得誠懇地說著，彷彿這是早已準備好又練習了很多遍的答案。

卉卉沒說我的長相特徵，也沒說我長得怎麼樣，在她心中，我是不是也只是模糊的存在呢？可是，她好像又常常掛記著我，每次都是她主動來約，我們才得以維持這麼長時間沒失去聯絡。

我們從前的感情比同學好一些，但她不算在我的「好朋友」名單中。

「我們以前好像也沒多好喔！可是，就想找妳說話。」在服務生來加了第三次水後，她這麼跟我說，恰好是我正在想這件事的時候。

我不應該再繼續想下去了。可是，順著想下去的話，那一陣子我刻意避開卉卉的原因，一下子浮出來了。

她又繼續說著：「妳還記得嗎？我們班上的江偉明，就是那個以前我暗戀好久的男生，他最近……」

對，我還記得他。這個男生就是讓我想要從卉卉身邊逃開的原因。卉卉跟我說她喜歡他而且是喜歡到想當他的女朋友，但是卉卉不知道江偉明已經跟我在一起了。不僅卉卉不知道，全班也無人知曉，我們不想成為被指指點點的「班對」，約會得很隱蔽，在學校更是假裝陌路。

我記得卉卉跟我說她喜歡他時那少女般晶瑩夢幻的眼神，在那眼神底下我實在不忍心告訴她實話，可也無法聽聽就好。卉卉趁四下無人的時候吐露她的女孩心事給我，應該對我有幾分信任和情誼，可是我卻是她的戀情最大的阻礙，而且還要欺瞞她，不禁讓我升起罪惡感，每次到學校只求不要見到她。

見我出神，卉卉提高聲量：「嘿，妳有在聽嗎？江偉明跟謝文珊結婚了。傳說他們大學時就在一起了，但是一直騙大家說沒有，最後還不是結婚了。可是，我好討厭謝文珊喔！江偉明長這麼帥家裡環境又好，怎麼會跟謝文珊在一起這麼久，真不可思議……如果是妳也就算了。」

「啊？我？為什麼？」正當我想著大學時江偉明應該沒跟謝文珊交往，不然就是他背著我腳踏兩條船時，卉卉最後突如其來的話，頓時讓我有些無法招架。她則一派輕鬆說：「不知道。直覺上你們會在一起。而且，我比較喜歡妳，如果是妳跟江偉明在一起，說不定我就能接受了。」

「妳不是喜歡他？這樣還要我跟他在一起。」

「我是說如果……」卉卉想了想，像發現什麼似的說：「咦，你們不會真的有一腿吧？」

「我跟他加起來有四條腿，不只一腿。」

我趕忙玩笑帶過江偉明這個話題，她也沒認真計較。現在，大學時不管江偉明跟誰在一起，我都不願意再去想起了。已經過去的時光，現在去計較也無濟於事。

我跟卉卉又聊了好一陣子，這大概是這十幾年來我們聊得最多的一次，卉卉喝了不少酒，直到她醉倒了周圍才變得安靜。她醉成那樣，總不能不管她。在服務生的幫忙下，攙扶她上計程車，可又不知道她的住所，只好將她帶回家。

從計程車下來，費了好大一番勁才折騰進屋，又花了不少時間讓她在沙發躺著，找了張毯子替她蓋上，大概我今晚我能替她做的只有這些了，只求她不要吐在我的房裡，或是不小心休克了。

照料喝醉的她，反而讓我的酒醒了。腦袋雖然發昏，思緒卻很清明。回想跟她說說笑笑一整個晚上的情景，大多時候都是她在說話。她不但說她想說的話，常常連我的心中的話或是預備要說的話都被她說了出來，搞得我最後幾乎只能不斷開玩笑或是藉著喝酒來逃避話題。

坐在沙發前的地毯上，看卉卉睡會得恍惚還會夢囈，我想著她究竟知道我幾分，又有多了解我？今天晚上，她的一字一句都像戳進我身體的針，再一字一句的把我的心思從身體裡面挑出來攤在光天化日之下曝曬。

卉卉以前不是這樣的。她應該是個更內斂、沉穩的女生，是說話時會考慮到對方心情的溫柔的人，甚至整體來說應該更有氣質。

她怎麼了呢？

我發傻似的盯著她看。

醉了而睡著的卉卉，似乎又回到從前的那個樣子。

從前……我是什麼樣子呢？

忽然一陣暈，想吐，衝到廁所對著馬桶卻是乾嘔，只反胃出晚餐食物消化後的的酸腐味。等了一會兒，不暈也不想吐了，起身去洗臉台那裡洗臉、漱口。再次，我從洗臉台上的鏡子看到一個不熟悉的我，好像是我又好像不是我，就像今晚的卉卉，好像是她又好像不是她。

好像是……。

好像不是……。

搞不清楚了。

我決定再睡一覺，等醒來時總會有辦法的。

「我的腦袋破了個洞。」

隔天，我還沒醒來時，卉卉一大早就走了，只留了張紙條說不吵我了，她要趕去公司。

待我醒來看到床邊的紙條，才發現我已經睡了大半天，已經午後一點，而且又是被電話鈴聲吵醒。

他趁工作空檔，偷空打電話給我。我接起電話劈頭就是一句：「我的腦袋破了個洞。」

他嚇得以為我撞到頭受傷了，忙要叫救護車。

「不用。」我說：「不用救護車。」

「妳的頭不是破了個洞？怎麼了？嚴不嚴重？有沒有流血？」一連串急切地問話，我本來不頭疼的，現在卻頭疼了。

左右轉動脖子，晃一晃腦袋，我說：「沒事。」

「啊？」他問得更急：「怎麼沒事？妳的頭怎麼了？還是去看醫生吧！」

除了被他吵醒和因為他的大聲說話覺得頭疼之外，我沒有哪裡不舒服，頂多宿醉罷了。

唉，換個說法跟他說吧！我說：「我好像喝醉了。」

他還是不懂，「喝醉撞到了嗎？」

「沒撞到。」我悶悶地說著。

「妳不是說腦袋破洞了？」

「……」

「喂——」他身旁好像有人走過，他壓低了聲音問：「妳沒事吧？」

我幹嘛跟他說我的腦袋破洞了？我有說過這一句話嗎？

也許有，但是，不是他想的那樣。

我問他：「你現在知道我在想什麼嗎？」

他毫不驚訝地回我，像是個不可變更的答案，「妳在想，我都不懂妳在想什麼、說什麼。」

「但是……」我嘆了口氣，全盤放棄掙扎，「唉，我也不知道怎麼說了。反正我沒事啦！只是剛睡醒，昨晚又喝了很多，現在昏昏的。」

聽我如此解釋，他大概以為我還未清醒而說胡話，但也多少放下了心，不再追問我的頭怎麼了和要不要去看醫生。

他說：「沒事就好。我要掛電話了，妳再睡一會兒，還要記得多喝水。我再打給妳。」

「嗯，好。」我順從地結束通話。

對，我一直都是這樣乖乖地等他打電話來，乖乖地聽他的話不眷戀手機裡傳來的他的聲音。

我乖乖地躺下。

躺下，又坐起，又躺下，又坐起。猶豫要不要繼續睡，終於在三、四次反覆後，我拖著很重很重的身體起來。

我彷彿從瀝青堆裡被撈起來，沉甸甸的還滴著濃稠的汁液，而且熱燙燙的。

又不像瀝青，不是那樣從外面沾裹的，而是出自於我的內在，由身體最深處甚至比回憶還深層的地方流淌出來的。

我不確定那是什麼，我感到我正被一層又一層地剝下，有時候是從外到內，有時候又是從內到外，終至剩下一副枯骨，不，也許是比枯骨更往裡面去的，見不著人的而人也不可見的秘密。

有時候是好的，有時候是不好的，更多的時候無從判斷是非。僅僅一個念頭。心轉念動之時，我又被看透了一點。

誰正從洞裡窺視我呢？

我又聽到門外傳來奇怪的聲音。

不去管他，可是又怕萬一這一次真是小偷怎麼辦？打開門後的小偷，見到屋內有人，不就瞬間由小偷變為強盜了嗎？

因為這些擔心，我照例從門眼往外看。當然就跟之前的很多次一樣，又是半個人影都沒有。我拿了支掃把當武器，鼓起勇氣開門出去探望，險些被自己脫在門口的鞋子絆倒，可是就算現在摔斷了腿也無人可呼救。

只有我一個人啊！

又往逃生梯那裡搜索，沒有上樓或下樓的人、沒有四處流浪的貓、沒有誤闖大樓的鴿子，只有滅火器在那兒站得半個人高。

也沒有奇怪的聲音了。

難不成我幻聽？或是真有那人日日在我門外徘徊，而且耳聰目明身手俐落，一察覺在屋內的我發現了什麼不對勁就迅速閃避逃離？

誰會這麼無聊呢？若是小偷，也對我這一戶太有恆心毅力了。若是一般流傳的偷窺狂，那麼，我有什麼好窺探的？況且，偷窺狂在窗戶附近出現還有可能，隔了這麼一道厚重的門，能見得什麼呢？

我又把一隻眼睛湊在門眼上。

從門的外面透過門眼往裡面看，當然什麼都看不到。

「難不成是鑰匙孔？」我蹲下去貼在鑰匙孔旁看了很久，根本不可能見到什麼東西。

於是，又如以往，我關上門坐在客廳沙發上，仔細聽屋外任何聲響。沒什麼特別的。

像被豢養在動物園裡無計可施又無法逃脫的獸，我在客廳裡繞圈走。

之前卉卉在我這裡過夜後寫給我的字條，被我插進桌上看了一半的雜誌裡。我捏起露在外面的一角，抽出整張來看。她留下的字條除了說明她得一大早離開來不及跟我打招呼之外，還有一句讓人介意的話。

她在字條的最末這麼寫著：「妳昨天晚上好奇怪。不是我奇怪喔，是妳比較怪怪的。」

這下可好了，連我覺得卉卉奇怪這一點，也被她知道了。我沒有表露得這麼明顯啊！

我把這句話反覆看了幾次，又唸出聲來幾次。卉卉的聲音在耳邊響起，是那一晚叨叨絮絮的所有話語的集合，嗡嗡宛如集體飛行的蟲正在尋找棲息覓食之處。

我把這張紙撕了，丟進垃圾桶。一般的可燃性垃圾，一把火之後就再也見不到它了。

處理很多東西的方式，用火燒得一乾二淨似乎是個不錯的方法，就像那些不想留也不想藏的情書，我一個下午就在廚房流理台內將它們燒得剩下一把灰，然後再把水龍頭開到最大任水沖走它們，最後連灰也不剩。

但是，記憶、思想、情感、慾望，或是那些曾經聽過、看過的，似乎無法如此簡單擺脫它們。

或許可以宣稱遺忘，或是像我一樣根本無需隱藏，因為隨時都有人能從那孔洞望穿我——那樣赤裸裸的。

我得找些事情來做。

否則，我那愈來愈往外流淌的心事情感，怕會有潰堤的一天，終成一片汪洋而我卻不見蹤影。做些耗時又費心力的事，就不怕被人從我那破了一個洞的身體（或是靈魂）看透我在想什麼，而我的心事情感也會稍稍凝結在我的身體（或是靈魂）之內。

我開始織毛衣。這季節不對，我也不會。照著書上的的針法，接圖解的步驟一針一線的用勾針慢慢織。我只學了一種花樣，就用這花樣想織一條圍巾。只有一種花樣更能讓人進入放空的狀態，只有重複的手部動作，像是無止盡的工廠作業，最能消耗個人心智。

他想來找我，我不讓他來。他雖然納悶，可是又好像不介意，也不擔心我是否移情別戀，只是一句玩笑話說：「怎麼啦？妳在家裡打毛線怕讓人看喔？」

「對！」我回答得斬釘截鐵也不訝異他怎會知道我在織毛線，反正現在全世界的人都知道我在想什麼、做什麼了。我的想法不斷從我內部的中心點往外流洩，如果有辦法可以像織毛線那樣把這些四散的所思所想都集合起來，然後再織成一條圍巾、一條毯子、一頂帽子、一雙手套、一件毛衣，或是最簡單的只是一塊毛布料就好了，至少還有個外在表象可供遮掩赤裸裸的模樣。

他說：「這是我的禮物嗎？」

「什麼？」

「我是指妳在織的毛線，織給我的嗎？」

他不知陷入哪種少女漫畫式的想像，聲音聽起來既興奮又甜美，而且滿懷期待。

我沒想過織圍巾的用途，既然他這麼說了，我就順著他的話說：「嗯。」

「妳在織什麼？毛衣嗎？還是圍巾？可是現在不冷，好像都用不到。不過沒關係，等天冷了就可以用了。還是妳會織一雙手套給我？我正好沒有手套。不過，妳應該是在織圍巾吧！」

賓果！他又說對了。

可是，我不想跟他繼續講電話了。

我說：「等我織好了再跟你說。現在不要打擾我，我會織錯。」

他似乎發現我不想跟他講話，反而又東拉西扯地閒聊了一陣子，有點兒不像平常的他。當他終於心滿意足掛掉電話時，我又有那種再次陷入泥淖然後又被硬拉了出來的沉重感。我應該不怕他知道我的。當人們老愛抱怨情人不懂得自己的心情時，我是不是應該因為他（或是任何人）都看透了我而偷笑呢？

重新拿起勾針和毛線，天空藍與大象灰混色的毛線，就算我只用一種花樣去勾織，也有華麗的的效果。這顏色適合男生嗎？當初買毛線的時候，賣毛線的阿姨知道我是第一次織毛線，熱絡的介紹我好幾款混色的毛線，說是這樣就無需煩惱接色的問題，就用同一種毛線到底就是了。我選了她推薦的這個顏色，她說：「這種中性的顏色，看妳要織給自己用或是織給男朋友都很適合。」她知道我正煩惱圍巾織好了要給誰吧！

買的時候還沒決定，現在倒是想好了。我大概無法完成這一條圍巾，或是把它送給我們以外的別人。

他興奮地以為想要我織圍巾給他，但是他大概還沒想到平白無故多一條手織圍巾回家，該如何跟他的妻解釋。他會說是公司女同事參加了毛衣編織班之後的成品，然後公司裡的人每人一條嗎？這聽起來未免太牽強了。到最後，這條圍巾說是送他的，應該還是會「藏」在我這裡。然後，我再自己取來用嗎？兩個人共用一條圍巾該是甜蜜溫暖還是萬般無奈？我都不要。

織圍巾的進度快得超出想像。正當我猶豫要不要再織得長三公分時，卉卉打電話問我，她是否有一條絲巾掉在我家。我四下找了一會兒，跟她說：「應該沒有在我這裡，但是我懶得仔細找。妳要不要過來自己找？」

她考慮了半晌，決定今天晚上下班就過來，順便帶晚餐給我算是答謝上次照顧酒醉的她。

我迅速將圍巾收尾，收拾散亂在地的毛線，還吸了地毯和擦拭窗台的灰，將浴室裡的待洗衣物抱到洗衣機裡眼不見為淨，將這間小小的屋子收拾成堪稱完美的樣品屋。

用這小小的樣品屋等著卉卉前來翻找她可能遺落的東西，或是，在這裡得到新的其他。

正巧卉卉打電話過來找東西，而剛好有個新東西從我手中產生，那麼，這條圍巾就給卉卉吧！

這是我的一廂情願。她大概也知道了。

卉卉帶來三人份的滷味，我們吃飽了撐在桌旁發懶，誰也不願動作。我讓她在整間屋子裡找她掉的絲巾，她隨便晃了一圈就說沒看到，也不想再找。我拿出圍巾給她，她的表情很複雜，說不能平白無故拿我親手織的圍巾。

「織得太爛了嗎？」雖然我覺得織得還不錯，甚至暗讚自己的天份，但在別人眼裡是怎麼評價到底很難說。卉卉說不是的，我織得很好，但是她沒理由收下這禮物。

我說：「那就不要把它當成禮物，就當成是補償好了。」

當「補償」這兩個字脫口而出時，我暗自嚇了一跳，好像我現在終於為十幾年前她的單戀與我的欺瞞做了些什麼，但是，我只是想跟她說既然她掉了條絲巾，那就換得一條圍巾吧！

「補償什麼？」她把玩著我織好的圍巾，再脖子上試了幾個花樣，擺擺弄弄的，似乎漫不經心可又透露著欣喜。

我趕緊安撫自身內在的驚嚇和心情，怕她又看透我思我想，忙說：「補償妳掉了一條絲巾。」

「那麼好？」

「是呀！」我說：「我很好的！」

怕她誤會我有其他企圖，我又補充，「反正，我織了圍巾也不知道給誰。」

卉卉最終收下這條圍巾離去。我不知道她會不會繫這圍巾出門，或是回家後就直接收在櫃子裡，等到擺了一長段時間後突然想起再丟到舊衣回收站。都無所謂吧！只是一條圍巾，而我再也不會織第二條了。

卉卉走後，我收拾桌上的殘羹，洗碗，下樓倒垃圾。

每個月繳那麼多管理費，住在有管理員和清潔員的大樓的好處，就是不用在固定時間追著垃圾車跑，隨時想丟垃圾只要拿去樓下的大垃圾桶就好了，不過是電梯來回幾分鐘的事。

我拎著垃圾下樓，回來時順便拿了信箱裡的幾張百貨公司寄來的宣傳信，雖然不會看，但上面黏著姓名住址，也不好直接丟在公用垃圾桶，還是都拿回家再做處理。

洗好手，擦完護手霜，我正準備隨便轉電視來看的時候，發現沙發腳邊有一小包黑色塑膠袋裝著的東西。

「卉卉掉的嗎？她還真會掉東西。」我撿起這小包來看，沒想到它沒有封口，從裡面嘩啦啦掉下來一張張裸體女人的性愛照片貼在一張張光碟封套上，瞬間像宇宙爆發般的散亂在地。

我撿起它們，數了數共十一片。這奇怪的數字，像是買十送一會得到的結果。

「哇，難不成是卉卉買的？還不小心掉在我家，這也太尷尬了。」我想歸這樣想，但又對這些片子充滿好奇。看封面，有幾片是同一位女優，大多都是清純型的年輕女孩，也都有一對飽滿挺翹的胸部，表情卻是張著無辜的大眼一臉無邪。翻看封底，這些露出胸部的無邪女孩們，充填進一格格的色情畫面，相互堆疊展示著。

如果放來看，應該不會怎樣吧？

拉上窗簾，確定門鎖牢了，我打開電視和光碟播放機，逐一檢視這些光碟片。

好幾年沒看 A 片了。雖然這些片子設定的觀賞對象都是男性，但是之前我也看過不少。我不是那種會反對情人看 A 片的人，有時還會陪著一起看。

我向來不否認慾望啊！

人不就是這麼回事嗎？雖然努力擺脫生物的原始樣貌，但也因此而有了那不斷滋長的慾望，以及各式各樣的觀看方式和挑逗。

滿足慾望的方法，多的是呢！

我快轉跳過片頭前五分鐘女孩自言自語的像在拍偶像劇的橋段，下一段就是她脫光了衣服露出私處，在某位男性手中微皺著眉又呻吟連連的模樣。

女孩的私處打上了馬賽克，是我最感興趣的地方。這宛如一隻蒼蠅不經意貼在螢幕上的馬賽克，這麼小小的一個黑點，真能遮住什麼嗎？女孩的私處和男性性器官插入她私處的樣子，仍清晰可辨，而且鏡頭還刻意拉近了，幾乎一覽無遺。

「已經是A片了，為何還要打馬賽克？」曾經，我問他。他也不知所以，說：「這問題太難了，不要問我。」

反正，對於暴露身體這件事，每個人都有每個人的一套解釋，我不是審查者，還是安份當個觀眾就好。

下一段有不少鏡頭帶到跟女孩拍戲的男性，我又快轉過去。這些在Ａ片裡出現的男性，大多長相抱歉，至少我對他們一點興趣也沒有而且還覺得猥褻。我看Ａ片裡的女孩不覺得猥褻，可是看到這些男性出現就是讓人不快的猥褻了。

一片沒看完，我就換了另一片。如此，在每一片都只看了部份的情況下，我接二連三地看了好幾片。久了，竟打起呵欠。

大同小異的劇情，幾個模式反覆套用，中心主旨就是那一件事，不知從什麼時候開始我看Ａ片容易打瞌睡。現在也是。

關掉電視，退出片子，我將這些光碟裝回原本包著它們的小黑袋裡。

整個人發懶得可以，連走回房間床鋪都懶，就這麼縮在沙發上，用大抱枕遮在肚子上當被子蓋，半夢半醒想著要不要打電話問卉卉，問她是不是又掉了東西。可是，這被遺失的東西，也太讓人難為情了，我要直接問她：「妳把Ａ片掉在我家嗎？」——又不是中學男生！

不過，我現在不想管了。睡意如海潮湧上，我閉上了眼任其淹沒。

希望卉卉自己發現。

她不是知道我在想什麼嗎？

過了好幾天，卉卉都沒和我聯絡，我也當作沒事一樣照常過日子。

小黑袋裝的A片，我「暫時」收在衣櫃最深處。不易被人發現，可要找出來時也還找得到。

我一直想著，有一天卉卉會來跟我討回這些A片。

她卻從此失去了蹤影。

在我看過疑似卉卉忘了帶走的A片後，我也不好意思去詢問她。況且，從來都是她來找我，這更加讓我對於要去找她這件事愈發消極，心想了不起一年後她會出現吧！到時候，這件事應該過了時效，也無需再提。

日復一日，我又過回我的日常。

等他的到來，以及其他。

關於圍巾的下落，當我簡單地告知他送給了一位女性大學同學後，他也沒興趣多問。他依然隔一陣子會來找我，跟我在一起一段時間後，我再送他走出這道房門。

臨走前，他說：「去管理員那裡問一問吧！看有沒有陌生人進出。」

他擔心我說的門外常有聲響的事情，要我小心門戶，必要時換一副更安全的鎖也行。

他是真的在擔心我。這讓我感動莫名。

等他搭電梯下樓後幾分鐘，我依言搭乘另一輛電梯去找管理員。

管理員當然否認任何陌生人的進出，還問我要不要調監視錄影來看。我嫌麻煩，況且這幾日也沒聽到奇怪的聲音。

正要搭電梯上樓時，管理員叫住我，說：「葉小姐，不然妳自己在妳家門口裝監視攝影機。我們大樓只能在公共空間裝，不能裝在各住戶的門口，怕會涉及隱私，但是住戶可以自己在自己家門口裝。啊，妳知道啦，就是鏡頭要對準自己家門口，不能隨便拍別人。」

我跟他道了聲謝，見電梯來了便進去上樓。

「監視攝影機嗎？」我抬頭看電梯，果然右上角有個奇怪的圓形物體，應該就是監視攝影機的鏡頭吧！這些監視攝影機若真有用，應該都是在事發之後的亡羊補牢。再怎麼樣，它也只能在旁默默地看著一切事情的發生，無法真的插手去阻止可能的悲劇。通常，監視攝影機只是單調地去記錄人們的一般活動，或是偶爾的偷情吧！甚至，當它停止運作了，一般走過它底下的人也不會輕易發現。

在被監視的日常底下，我竟以為我是自由的。

「如果現在把上衣撩起來，我的胸部會不會從此在這攝影機留下了記錄？」想起他說他最喜歡我的胸部，我突然有股衝動想要在鏡頭前做些瘋狂的事，可是電梯已經到達了我居住的樓層。

門開啟的瞬間，我迎面撞上急著進來的人。

我嚇了一跳，他也被我嚇到了。兩相道歉後，他迅速退出電梯，按住電梯鈕，讓我先出去。我匆匆閃過他身旁，他也迅速竄進電梯內。

電梯往下。他應該是趕著下樓去吧！

從未見過的陌生男人，是來找對面住戶的嗎？我在門口張望了一下，對面住戶的門關得好好的，跟平時沒兩樣，看不出所以然來。

「他是小偷嗎？」我一面脫鞋一面檢查大門和門鎖。外觀看起來沒怎麼樣，鑰匙插進鑰匙孔的感覺也跟平常一樣，我仍舊小心翼翼打開門，在腦海中模擬著各種屋內被小偷破壞的慘狀。門一開，一切如常，連空氣中飄散的氣味都跟出門前一樣。

仍舊神經質地檢查兩次門鎖，在屋內各角落繞看，才算放心。

我努力思索著對門住了什麼樣的人，卻是怎麼想也想不起來。那麼，剛才我又怎麼確定那個與我相撞的男人是從未見過的陌生人呢？說不定，他也是對面住戶，只是我記不得了，或是印象模糊。

門外又傳來了聲響。這一次，我抓起他帶來給我防身用的棒球棒，看也不看就打開門用力揮舞手中的棒子。

我真是受夠了！

我發狠地心想：「不管是什麼在外面鬼鬼祟祟，我只想做個了結。如果，因此而引狼入室被怎麼樣了，也算是一種解脫。」

一打開門，對面住戶的門也打開了，正要去倒垃圾的歐巴桑一臉錯愕地看著我，並且反射性地往後縮，想要逃回家裡。

頓時，我尷尬萬分，只好假裝無視歐巴桑驚惶的眼神，迅速退進去，放下球棒，關好門。

約莫十秒鐘過去，我聽到外面又有聲音。湊在門眼往外看，對門走出一位十幾二十歲的高壯男孩，拎著一包垃圾，站在電梯門口等電梯，可一雙眼睛卻死盯著我這一戶，像一隻防備敵襲的小獸。

我大概嚇到對面的歐巴桑，讓她不敢出來倒垃圾，而支使兒子（我猜應該是她的兒子）出來吧！想到此，我不禁失笑。又忍住不笑出聲來，怕被那男孩聽到。

直到他進去的電梯門關上了，我又多看了幾秒鐘，才從門眼移開。

他知道我在用某種缺乏溝通的想像方式窺視他嗎？任意替他安派了個角色，完全不管他是否真是如此。反正，這樣的窺視只活在我的想像裡，喔，也許，同一時刻，如果有人跟我有了交流，便會接收到我這樣的角色想像。但是，眼下這道門裡只有我一人。

倒個垃圾要多久時間？我又貼近門眼等他回來。

等到下一次電梯門開，他默無表情地走了出來。本想按自家電鈴叫開門，可是他停住了。只見他往我這邊走來，他的身影逐漸佔據整個門眼看出去的視野，愈來愈大、愈來愈大。直到他只剩下一張臉在門眼前時，我只能用盡全身的力氣告訴自己不要動、不要呼氣、不要發出任何聲響，以免他發現我跟他離得如此近。他四處張望，像在做安全檢查，以確保不會有人如我會做出什麼傷害他們家的事。

我根本什麼也不敢做。

他一下子就回去按門鈴了。剛才見過的歐巴桑出來開門，用警戒的眼神要他趕快進屋。男孩在門前把拖鞋蹭了去，我聽見他不耐煩地說：「沒什麼嘛！」

我喘了口氣，坐回客廳沙發上。

男孩的那一句話說得很大聲，不知道要讓歐巴桑安心，或是故意說給我聽的？

確實，這達到了某些效果。

「沒什麼嘛！沒什麼嘛！沒什麼嘛！……」像在唸咒一樣，我一遍又一遍跟自己說。

「……嘛！」屋內傳來悶悶的、模糊的回音。

世界變得好安靜，我一個人窩在沙發上，逐漸長成一朵小小的蘑菇，在潮溼的樹洞裡，睡著或是醒著。

外面有人走過。好多雙眼睛發現了我，或許猶疑著是否再更進一步。

無論我怎麼隱藏，總是被人發現。

那麼，全都暴露在陽光下好了，如此一來，會不會就像尋常風景那般不顯眼呢？

但是，我不能。

儘管腦袋裡的東西似乎都倒洩出來、被人看光了，在它還沒變成空殼以前，我仍掙扎著想守住一些秘密。

不願曝光。

也許，逆著方向而行，換我自己從腦袋裡面鑿幾個洞往外看，不知是否能將外面的目光都看盡了？

終歸是混沌。

這已經是這個星期的第三次了。

我憋住呼吸躡手躡腳地貼在門上往外看。除了從門眼看出的那扭曲變形的鞋櫃只剩下同樣扭曲變形的空間，電梯門在一旁也彎彎的，電梯對面半開啟的窗戶伸進幾片窗台盆栽的葉子。再來，什麼也沒有。

我後退，慢慢呼吸一口，又貼在門眼上繼續觀察外面。

這一次我看見的，跟剛剛一模一樣，就是靜悄悄的，就算時間在此停住也不足為奇。

不過就是……

……

……

結束或開始、三

這次應該不會迷路了吧！

經過整條街一間又一間的精品店，盡頭處是聖母百花大教堂。我進去走到燭台前，這時間已經晚了，如花盛開的燭台幾乎全被一個個點燃的小蠟燭佔據，我轉了圈，好不容易找到一個空位。連忙掏出銅板丟入奉獻箱，拿起一個白色的蠟燭，借別人的燭光點燃了。指尖傳來燭火的熱，不怎麼燙，但也不敢傲慢對待，我小心翼翼將它安放於那個空位。如此，這小小的燭光，就跟其他數以千計的燭光一起成為教堂裡的光亮。

一盞燭光，一種心情。也許，現在的我應該要點滿了才行，但是只剩一個空位了。

我把這個位置讓給小賴。這一盞燭光，我想替他點上。

或是，不完全為了他，只是以他之名替我的種種美麗與哀愁作個了結。

或是，為了存於我們兩人之間的斷層，以及這些年來我遺忘的他。

無論如何，小賴在我不知道的時候死了。如此，我可以不再怪罪他不回我的卡片、不接我的電話，也可以不用因此而將他刻意遺忘。

小賴依約（雖然我不太重視這個約定）畫好了我的畫，而這幅畫也確實來到了我的手中。雖然在他畫中的我，那裸露的身軀不是他親眼所見，但也相差無幾。不禁想跟他抬槓，問他：「小賴呀，你是不是吊在二樓的窗旁偷看過我洗澡？」

他會回我什麼呢？

我好想笑——卻是忍住了。

再次抬頭環視聖母百花大教堂的彩繪玻璃、雕像、壁畫、和穹頂，雖然曾經來過一次，現在看起來仍像初次見到。似乎有印象，但以為是夢中或前輩子的記憶。似乎沒有印象，可又讓人如此懷念。錯綜複雜的記憶之眼，眨一下，又閃過別的畫面。那些舊時所見，彷彿裹了層層紗布的木乃伊，看得出形狀，可又不確定其下是否完好，甚至不敢揭開去窺視後來的樣貌。

往後的日子，也就這樣了。製造出一具又一具的木乃伊，而那鮮嫩的血肉之軀則更覺珍貴，或是更不值一顧，因為總會腐朽，即使想要保存永恆也難以完整。

看什麼看呢？

繞了一圈，小賴從前跟我解釋過的那些關於這個教堂的藝術與歷史，我一個也想不起來。也許該挨到不遠處有個觀光團的中文導遊那裡偷聽他的介紹，聽他說說教堂裡有什麼特別的可觀看處。但是，算了吧。我想，我還是默默走出去，不打擾他們，也不要掀起已經被「遺忘」遮蓋的「我們」。

我們——這世界上有好多「我們」正互相揭開彼此身上的紗。

走出聖母百花大教堂，看手錶，還有一段時間才到約定的時候。我估算著從這裡走過去大概二十分鐘綽綽有餘，又不想去哪裡閒逛，就近找了間教堂旁有遮陽棚的露天咖啡座坐下來，點了杯氣泡飲料解熱。

服務生來點餐時，順便附贈我「美女」一詞。雖然來義大利的第二天就已經習慣義大利男人見到女性均會微笑並稱美女，但每一次被這樣對待還是感到歡愉。誰不喜歡被稱讚呢？儘管內心裡自覺不是美女，但還是樂於被「美女」這樣的稱呼拱著——這是女人的虛偽啊！我避不開的。

眼前是聖母百花大教堂的側面牆壁，整大片的浮雕和裝飾，完全佔去視線，那樣龐大的美反而顯得不真實，像是從虛擬世界合成的圖片，而我是被剪下來貼在它面前的紙片小人。

夜景猶是。

拿出相機，一張張檢視記憶卡裡儲存的相片。昨夜，我跟他晚上十點吃完晚餐後繞著教堂閒晃。儘管附近的精品店已打烊但是仍亮著燈，咖啡店、餐廳、酒吧依舊坐滿了人，許多人在街上如我們這般走著、拍照，或是丟螢光彈力球玩。我們在教堂前拍了好多相片，在相機自動補光的情況下，一張比一張來得不真實，卻一張比一張豔麗。

看到最後一張，只見他像個嬰兒似的睡熟了在床上，毫無防備地從薄被裡露出赤裸的上半身。我向來喜歡他睡覺的樣子，看起來好讓人憐愛。甚至，有時候會感到我在面對的不是情人，而是我最疼愛的孩子或是令人無法拋棄的犬科動物。

我又陷入無可自拔的美好想像中。

改不掉的壞習慣，又該怎麼辦呢？

認清現實，看清楚這個世界的林林總總，學習正常社會生活該有的觀察方式，我總以為這比透過相機留下的影像還要來得莫名其妙。有時候，介意他人的目光，可在目光不及處，又不是那樣時時刻刻都有顧忌了。然而，等到真的都坦白，卻覺得自己好像被人騙了，而且體無完膚。

於是，我順從慾望與本能，用自己的方式看世界，以及偶爾穿件細肩帶洋裝小露香肩和鎖骨，勾引我想勾引的，或者脫掉我所愛之人的外衣。

趁他熟睡時偷拍的相片，我得藏好別被他發現了。雖然可能被發現了也沒什麼要緊，但就是不想讓他知道我手中有張絕對不能讓他的妻見到的照片，只要見到這張相片，雖然我沒入鏡但也多少能猜測到我們的關係不單純吧，否則誰會在他睡著了的身旁呢？

愈是這樣思量，愈不想要刪除這張相片。說不上為什麼，大概我在替我們結束的那一天找個藉口。

最終，我們會結束的。不然，他又該如何避開周遭親友投來的關懷或憎惡的眼光？我又該如何？

不管了，反正直到那一天到來，我也無須坦白。

我拿出小賴的畫端詳，服務生恰巧經過也讚美了兩句，我炫耀似的跟他說裡面的人物是我，引來他更多的讚美和笑容。此刻，我該驕傲吧！

也許，可以跟小賴說：「瞧，我長成了義大利男人會對我說美女的女人。」小賴一定不以為然地回我：「在這裡，每個女人都是這樣的。」

結帳後留下些零錢當小費，我得趕去跟他相會。看地圖，應該順著路直走就可到達我跟他約定的大衛像那裡。但是，路不只有一條。記得小賴以前跟我說過，義大利的路看地圖也許稍有幫助，但不如實地去走一遍，而且有時候地圖上看的跟實際走起來完全不一樣。小賴難得俏皮，說：「尤其無法抗拒沿途各店家的誘惑，或是哪條看起來古色古香的小巷，以及從兩旁樓房望出去的天空。一下子就不知道走哪兒去了。」

小賴說的話，我已經領教過。這次特別謹慎往回走，不管沿途的風景。

約莫十五分鐘就到了領主廣場。人潮還多著呢！人們把這個小廣場擠得水洩不通，有三三兩兩閒走散步的，也有一團又一團的團體旅客，當然也有些本地人好整以暇地看著我們四處遊盪。

「看到沒有？這個白白胖胖的海神——我們等一下就在這裡集合！這裡——白白胖胖的海神這裡！」有個女高音從吵雜的人聲中竄出，我不禁依聲音的方向張望，似是從中國大陸來的幾十人觀光團，這清亮脆爽的高八度喊聲是他們的女導遊在說話。

女導遊站在圍著海神像的石臺上，一手高舉著小旗子指著海神像，一手則揮舞著要大家聽她說話。

她不放心，又嚷了一遍：「就是這個白白胖胖的海神像，不要認錯了。四十分鐘以後這裡集合。」

無端被標註為「白白胖胖」的海神著實無辜，祂那通體的大理石雕塑其顏色白是白但其實沒那麼胖，只是比再過去一點的大衛像稍顯大叔體型，可是肌肉依然結實，若單獨擺放應該不致於被說胖。大概女導遊想讓她的團員加深印象，以免認錯了地標，才一再強調「白白胖胖的海神像」。

我在旁邊聽著像被戳到了笑點，一直抿著嘴偷笑，強忍著不笑出聲。

因為一句話，整個人都舒暢了。

往旁邊看，他已經在那裡等我了。大衛像底下的他，顯得好嬌小，就跟在這廣場的人們一樣。我跟他在這群百千年的雕像之下沒有什麼特別的，裸體雕像呈現的故事比我們的人生來得複雜。在古城裡得學會跟這些故事共處，以及不這麼大驚小怪。

他見我來，露出了微笑。

「你早到了。」我迎上去，說：「怎麼？想我了？」

他點頭，然後笑著用眼神示意我往海神像那邊看，說：「剛有個女導遊說……」

「白白胖胖的海神！」我搶著他的話。

「對呀！妳怎麼知道？」

「我聽到了。」

「呵！」他笑開了，我也是。

我們有共同的笑點，喜歡彼此分享，有什麼好隱瞞的呢？

他見我手上拿了畫筒，問我：「去買畫了？」

「不是說好不過問這一個下午？」我狀似耍賴地看他，他只好悶悶地兌現之前自己說出的話，「……唔，也是。」

他想了想，從背包裡拿出一個精緻的小紙袋給我，說：「但是，我想告訴妳，我去做了什麼。」

我故意駁他，「如果我不想知道呢？」

他顯得訝異，說：「為什麼不想知道？」

「這樣一來，你對我坦白了，將會變得好像我有什麼刻意隱瞞著你。以後你一定覺得不舒服。」

他似乎開始後悔之前這個各自遊盪並且絕對保密的提議，顯出不知所措的模樣。

我喜歡看他從眉宇間流露出的困頓，可一雙眼睛又晶亮著思索解決問題的辦法，專注得宛如全世界只剩下他一人，陷在自己的迷宮裡。

我只能從旁偷窺。

思考一陣後，他牽起我的手，把小紙袋讓我拿著，說：「那就不告訴妳，這是我從哪裡得來的。」

「裡面是什麼？現在可以拆開來看嗎？」

他看了看周遭，說：「一直想送妳的戒指。但是，現在不要拆，人太多了，以防被扒。」

我了解他的用意，把小紙袋收了放進隨身背包裡，但又轉念一想，又將它推還給他。

「怎麼了？」他一臉錯愕。

「我們不是假設是兩個不相干的人，然後在這裡遇見了，才開始一段戀情嗎？這樣你一下子就送我戒指，會不會太快了？」忽然想到他之前設定我們假裝陌生人各走各的狀態，那麼，我們不該一相遇就熟得跟什麼似的。應該要一步一步來吧！

「啊……還玩？」他說：「我以為已經結束了。」

「還沒……」我滿懷期待他會用什麼方法重新追求我——假設，我們之前從未相識，只在這異鄉古城突然有了交集，彼此不知道對方的背景，只是看了一眼便已墜入永恆。

他說：「這當成我給妳的見面禮。只是一件禮物，為了紀念我們在此相遇。雖然，我本來的用意是……」

我阻止他繼續說下去，搶下那個小紙袋收進背包裡，並把一直拿在手中的畫筒遞給了他，說：「那麼，我是不是應該回禮呢？」

他笑著收下畫，好奇地問：「什麼畫？」

「秘密。」我說。

他饒有興味地望著我，夕陽將我們的影子拉得好長。他的背後是我最愛的大衛像，雖然是複製品但依然可人。

他說：「反正，等我打開看就知道了。」

「看你怎麼看。」我牽起他沒拿畫的另一隻手，說：「走吧，我餓了。」

「好。不玩了嗎？」

「不玩了。」

我們朝一條小巷子走去，旅遊指南上標示那兒有一間不錯的餐廳，氣氛佳、隱蔽性高，正適合這樣的我們。

至少，今夜，我想保有一點隱私。

後記

寫完關於肚皮舞的「妖精書」後，我仍不滿足。

關於女人，我該如何去愛、去書寫？

關於女體，我該如何去感受、去觀看、去反思己身？

肚皮舞孃的舞衣是暴露的，也是華麗裝飾的。看似清涼，但對肚皮舞孃來說卻像穿上了戰袍，準備好附一場生死之戰，終至淋漓盡致。

人們以為這是暴露，實則是另一種包裹。

如果，衣服不只是保暖的功能，而代表了一種身分、裝飾、展現，就像我們的社會身分一樣，提供各種符號性與物理性的保護。那麼，脫掉「衣服」與「身分」，之後，「裸露」就直達內心。

甚至，在比裸體更裸露的私密處，我們想要顯現什麼？又隱藏了什麼？

女人想要怎麼被對待呢？

女人想要怎麼對待他者的探觸呢？

無論是身體或感情，全部或局部，掙扎或豁然開朗，很多很多的女人，值得更多更多的愛。

從佛羅倫斯開始，在聖母的教堂底下，迷路。

國家圖書館出版品預行編目（CIP）資料

裸·色 / 廖之韻著 . -- 初版 . -- 臺北市 : 奇異果文創 , 2014.01
224 面 ; 14.8×21 公分（說故事 ; 1）
ISBN 978-986-90227-0-5（平裝）

857.7 102025379

說故事
001

裸・色

作　　者	廖之韻
美術設計	蘇品銓
總 編 輯	廖之韻
創意總監	劉定綱
法律顧問	林傳哲律師　昱昌律師事務所
出　　版	奇異果文創事業有限公司
地　　址	台北市大安區羅斯福路三段 193 號 7 樓
電　　話	(02) 23684068
傳　　真	(02) 23685303
網　　址	https://www.facebook.com/kiwifruitstudio
電子信箱	yun2305@ms61.hinet.net
總 經 銷	紅螞蟻圖書有限公司
地　　址	台北市內湖區舊宗路二段 121 巷 19 號
電　　話	(02) 27953656
傳　　真	(02) 27954100
網　　址	http://www.e-redant.com
印　　刷	永光彩色印刷股份有限公司
地　　址	新北市中和區建三路 9 號
電　　話	(02) 22237072
初　　版	2014 年 1 月
I S B N	978-986-90227-0-5
定　　價	新台幣 280 元

本作品由財團法人國家文化藝術基金會贊助創作

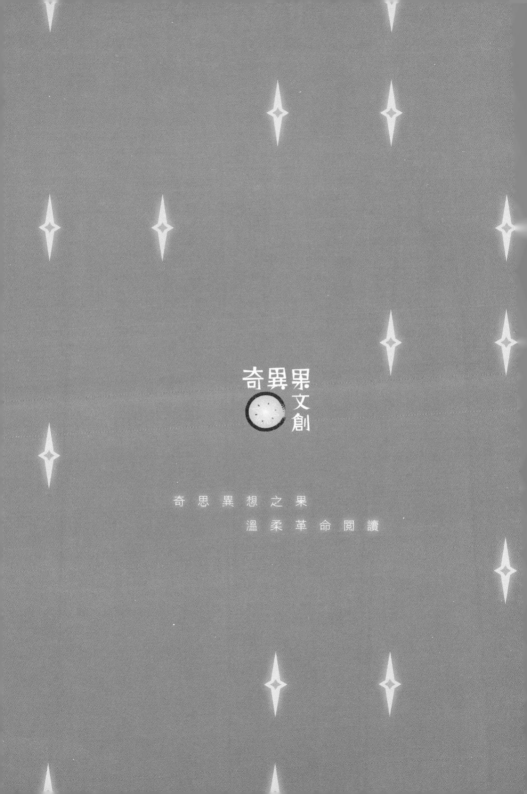

奇異果文創

奇 思 異 想 之 果

溫 柔 革 命 閱 讀

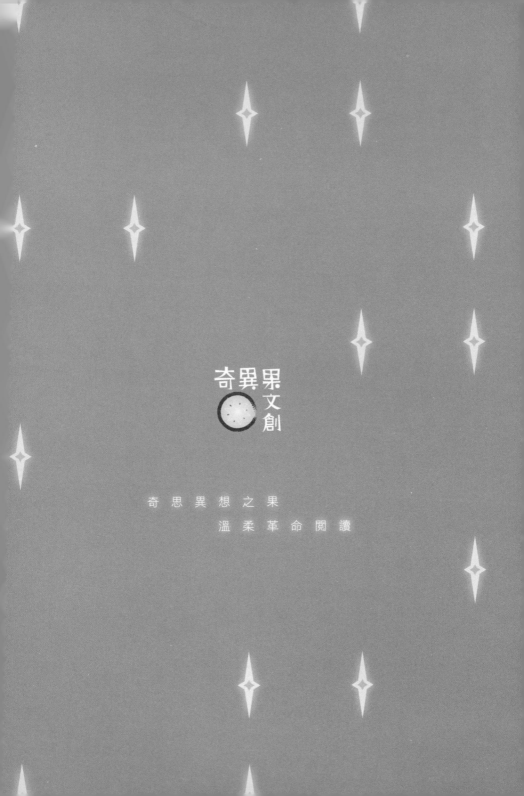